U0068520

# 物種形成

阮文略——著

# 臺灣詩學吹鼓吹詩人叢書出版緣起

蘇紹連（詩人）

　　「臺灣詩學季刊雜誌社」創辦於一九九二年十二月六日，這是臺灣詩壇上一個歷史性的日子，這個日子開啟了臺灣詩學時代的來臨。《臺灣詩學季刊》在前後任社長向明和李瑞騰的帶領下，經歷了兩位主編白靈、蕭蕭，至二○○二年改版為《臺灣詩學學刊》，由鄭慧如主編，以學術論文為主，附刊詩作。二○○三年六月十一日設立「吹鼓吹詩論壇」網站，從此，一個大型的詩論壇終於在臺灣誕生。二○○五年九月增加《臺灣詩學・吹鼓吹詩論壇》刊物，由蘇紹連主編。《臺灣詩學》以雙刊物形態創詩壇之舉，同時出版學術專業的評論詩學，及以詩創作為主的詩刊。

　　「吹鼓吹詩論壇」定位為新世代新勢力的網路詩社群，以「詩腸鼓吹，吹響詩號，鼓動詩潮」十二字為論壇主旨，典出自於唐朝・馮贄《雲仙雜記・二、俗耳針砭，詩腸鼓吹》：「戴顒春日攜雙柑斗酒，人問何之，曰：『往聽黃鸝聲，此俗耳針砭，詩腸鼓吹，汝知之乎？』」因黃鸝之聲悅耳動聽，可以發人清思，激發詩興，詩興的激發必須砭去俗思，代以雅興。論壇名稱「吹鼓吹」三字響亮，論壇主旨旗幟鮮明，立即在網路詩界開荒之際引領風騷。

　　「吹鼓吹詩論壇」網站在臺灣網路執詩界牛耳是不爭的事

實，詩的創作者或讀者們競相加入論壇為會員，除於論壇發表詩作、賞評回覆外，更有擔任版主者參與論壇版務的工作，一起推動論壇的輪子，繼續邁向更為寬廣的網路詩創作及交流場域。在這之中，有許多潛質優異的一九七〇和一九八〇世代的年輕詩人逐漸浮現出來，其詩作散發耀眼的光芒，深受詩壇前輩們的矚目，另外，也有許多重拾詩筆寫詩的一九五〇和一九六〇世代詩人，因為加入「吹鼓吹詩論壇」後更為勤奮努力，而獲得可觀的成果，他們不分年紀，都曾參與「吹鼓吹詩論壇」的耕耘，現今已是能獨當一面的二十一世紀頂尖詩人。

　　二〇一〇年，為因應facebook的強力效應，「臺灣詩學」增設了「facebook詩論壇」社團，由臉書上的寫作者直接加入為會員，一齊發表詩文、談詩論藝，相互交流。二〇一七年一月二日起，將「facebook詩論壇」改為本社在臉書推動徵稿的平臺園地，與原「吹鼓吹詩論壇」網站並行運作。後來，因應網路發展趨向，「吹鼓吹詩論壇」網站漸失去魅力，故於二〇二一年五月三十一日宣告關站，轉為資料庫，只留臉書的「facebook詩論壇」做為投稿窗口，並接受e-mail投稿，而《吹鼓吹論壇》詩刊仍依編輯企劃，保留設站的精神：「詩腸鼓吹，吹響詩號，鼓動詩潮」，繼續的運作。

　　除了《吹鼓吹論壇》詩刊外，二〇〇九年起，更進一步訂立「臺灣詩學吹鼓吹詩人叢書」方案，鼓勵在「吹鼓吹詩論壇」創作優異的詩人，出版其個人詩集，期與「臺灣詩學」的宗旨「挖深織廣，詩寫臺灣經驗；剖情析采，論說現代詩學」站在同一高度，留下創作的成果。此一方案幸得「秀威資訊科技股份有限公司」應允，而得以實現。「臺灣詩學季刊雜誌

社」將戮力於此項方案的進行，每年甄選數名優秀的詩人出版詩集，以細水長流的方式，也許三年、五年，甚至十年之後，這套「吹鼓吹詩人叢書」累計無數本詩集，將是臺灣詩壇在二十一世紀中一套堅強而整齊的詩人叢書，以此見證臺灣詩史上這段期間詩人的成長及詩風的建立。

我們殷切期盼，歡迎詩人們加入「臺灣詩學吹鼓吹詩人叢書」的出版行列！

二〇二三年一月修訂

# 自序

　　距離上一本詩集《菀彼桑柔》的出版約有三年時間。這是人們說起就沉默的三年，這是「天空不下雨、只下鐵」的三年。布萊希特的詩彷彿預言，在疫病流行的幾年間我們看著人們在各種意義上的死去，生命的消逝，社會身分之死，內在價值的抽空，還有各種離席。

　　這三年似乎比以前的十年更值得被寫下，但是言說被剝奪，真正恐懼的不是災厄本身，而是各種言不及義、是向遙遠未來的單向通訊被斷絕。我該如何向你——一百年以後的人——述說我們的悲傷和希望，而聽起來不那麼像無關痛癢和陳腔濫調？

　　時代的回聲與個人經歷緊密相連，寫詩仍然是唯一的出路，在眾人都以為詩必須更加迂迴的當下，我始終認為詩是無限的，所有失去的聲音都必須以詩歌的文字與音韻重生。黃燦然說過「唯一的尊嚴是詩歌的尊嚴」，所以這必然是石頭要開花的時候了，正如物種形成是天演，那股把花草催開的綠色力量任誰都阻止不了。

　　天演論約化到八個字，就是耳熟能詳的「物競天擇，適者生存」。在大疫期間寫成的這本書，呼應我的第一本詩集《突觸間隙》，想以生命科學的詞彙為書名，搜索枯腸，沒有比「物種形成」更適合了。要說的話都在詩歌裡，恕我拒絕膚淺

的、斷章取義的解讀；恕我要對那些充滿惡意、憑曲解文字去坑害作家們的人說不。

「最重要的不是如何守護記憶

　而是在徹底遺忘以後

　如何重新召喚明日的太陽」。

# 推薦語

## 四元康祐

日本重要詩人，於1959年生於大阪、在廣島成長，現居德國慕尼黑。他亦是隨筆作家、文學批評家、翻譯家和文學雜誌編輯，並於大學教授日本文學。出版多本詩集，包括第一本詩集《大笑的臭蟲》（1991），《午後禁語》（2003）則獲狄原朔太郎獎，作品已被翻譯成多種語言。

Written in black rain with black ink, Jacky Yuen's poetry assures us "It's OK, it's just the end of the world, no need to be so panicked". It is a birdsong which is freer than birds, savage sounds of vowels and consonants as a child pours her letter blocks into a larger box, a book so thick that it will perhaps stop something bigger than a bullet. Mixing wry humor, untamed rage and youthful tenderness, Jacky writes for him to survive in this Time of a crooked spine⋯each section in intense pain in its own way. Funny, though, that we hear the voices of ourselves crying, fighting and loving in his Speciation.

用黑雨和黑色墨水寫成的詩歌，阮文略向我們保證「沒關係，這只是世界的終結，不需要如此恐慌」。這是一首比鳥更自由的鳥歌，元音和輔音的野蠻聲音，就像孩子把她的字母

積木倒入一個更大的盒子裡，一本如此厚重的書，或許能擋住比子彈更大的東西。阮文略將嘲諷幽默、未被馴服的憤怒和青春的溫柔混合在一起，為了讓自己在這個扭曲的時代中生存下來……每個部分以自己獨特的方式承受著劇痛。有趣的是，我們在他的《物種形成》中聽到了自己哭泣、鬥爭和愛的聲音。

## 科科瑟（Ko Ko Thett）

緬甸重要詩人，生於1972年，長年旅居海外，用緬甸文和英文寫作，並擔任文學雜誌編輯。著有英文詩集《生為緬甸人》（2015）、《恐竹症》（2022）等書，並負責編輯和翻譯《骨將鳴：當代緬甸詩人十五家》（2013）。

Jacky Yuen speaks with passion and "premonition" for a species on the verge of an apocalypse. In order to survive, the species must remake itself-it will have to take "stuttering as a new language", or speak "ghost-words." Yuen's irony and wit often remind the reader of Wislawa Szymborska and Williams Carlos Williams, but Speciation is packed with poems of darker hues and humour, traversing deep time. Yuen is a poet living an existential angst, and a parent who frets about the future of his offspring, children as well as books. Quintessentially Hong Kong, quintessentially human poems!

　　阮文略充滿激情地談論著一個處於世界末日邊緣的物種的「預感」。為了生存，這個物種必須重新創造自己——它將不得不把「口吃作為一種新語言」，或者說「鬼話」。阮文略的諷刺和機智常常讓讀者想起維斯瓦娃・辛波絲卡（Wisława Szymborska）和威廉・卡洛斯・威廉斯（Williams Carlos Williams），但《物種形成》中充滿了色調更暗、幽默更深的詩歌，橫跨深遠的時間。阮文略是一位生活在存在主義困境中的詩人，一個擔心子嗣和書籍未來的父母。典型的香港、典型的人類詩歌！

## 颯雅・林恩（Zeyar Lynn）

> 　　緬甸殿堂級詩人、翻譯家和英語教師，已出版多本詩集、評論集，並翻譯多位外語詩人的作品。多年來翻譯和引介蘇聯後俄語詩歌、紐約派、語言派等詩歌成緬甸語，推動詩歌革新運動，並在仰光首辦聯合國教科文組織「世界詩歌日」。

　　A shimmering voice from the HK poet, Jacky Yuen, resonating clearly in the gloom of Myanmar. Poetry of Light, even if the light seems to be dark. Darklight bursting at the seams of daily life lighting up the dark recesses of boot-stamped memory and darkening the forced, fake, fear-induced light. How poetic thoughts speciate across the crooked ding-dongs of dire straits.

一位來自香港的閃耀聲音，阮文略，在緬甸的黑暗中清晰地回響。這是光明的詩歌，即使光明似乎是黑暗的。黑暗的光芒爆裂在日常生活的縫隙中，照亮了靴印記憶的黑暗角落，使強制、虛假、恐懼引起的光線變暗。詩意的思想如何在困難的處境中產生分化。

# 目次

## 輯一｜突變

## 輯二｜天擇

## 輯三｜遷移

## 輯四｜漂變

突變

## 沒事

沒事。世界一定不會有事的對吧
轉角那間酒吧不會忽然爆炸
你的好友不會忽然自殺
愛不會忽然剝落，太陽不會拒絕升起
沒事。潮水依然漲退有度
女兒長大了依然
愛你。親愛的，不管我怎樣疲乏
你總會為我磋跎剩下的歲月
街上沒事，海上也沒事。

我多麼渴望這一切都成真
我幸福，世上每一個曾受壓迫的人都幸福
每一個曾施暴的人都幸福
這樣的祈禱或者連上帝都只會輕蔑地笑
哈哈哈
不要緊的，上帝
在你手中我有無限的時間，上帝
我來，我看見，我要說服你。

# 末世

「末世而已
用不著那麼慌」

說時他揮了一下菸灰
把自己揮碎了

**無題**

但凡讀歷史的人都知道
當下就是偉大轉折中的羅馬衰亡史

但凡習醫的人都知道
當下就是地獄之船往人間泊岸的日子

占星的人都認定
熒惑守心是亙古以來最凶惡的星相

但是就在今夜
我們看見了更可怕的畫面——

那顆本來應該永遠釘在天圖上的星宿
消失了，無影無蹤

## 遺忘

敵人索取我的遺忘
然而我一窮二白
身上一點遺忘都沒有
乾乾淨淨的頭裡
只有記憶在燒

**斷
章**

我只能保持欲言又止的姿態一直到深夜
或在夢中不斷飲水無效而渴醒

**剩食**

我們總是在吃孩子的剩食
變得愈來愈胖

他們總是在吃孩子
令他們自己變得愈來愈像剩食

**恐懼**

有人宣布長日已盡
黑夜將臨

可是天空沒有轉黑
只有永無休止的渾沌

**無題**

我只有這麼一雙手
掌中的筆你隨時可以奪去

我也只有這麼一顆靈魂
那是一枚你永遠無法催熟的梨

**我們**

趁假期打開模擬市民四
築了一間六面都是玻璃的小屋

像《我們》裡面的那些透明房子
我讓一個角色住了進去

偷偷勾掉讓他變老的選項
看著他每日用相同手勢沖出同樣的咖啡

忽然他對我說：
夠了，我每日從透明牆壁也是看得見你的

看膩了。

# 菸草花葉

上帝創造萬物
萬物創造病毒
病毒創造上帝

上帝晝伏夜出
被獵人抓獲
餵到食客嘴裡
上帝在廣場行走
傳染開去
每一個人都成了上帝
上帝咳嗽
上帝彌留

他無處不在
用悲憫的眼神
看著一片斑駁的葉：
誰願意分給我
一個口罩？

**隔離**

早上起床口渴
我到廚房掛了清水

我看著那杯水
我看著那杯水

進了電梯
我看著一顆按鈕
我看著那顆按鈕

一個路人迎面走來
幾乎就要碰上
我稍微避開
他也稍微避開

我看著陽光隨時間變色
這是我唯一敢去觸摸的
它卻行將消散

黑夜有霧
燈光穿過白霧
人影在白霧中移動
人影移動

我看著床前的鬧鐘

我看著床前的鬧鐘

# 一月未盡

一月未盡，我已自顧不暇了

沒有人擅寫遺書

沒有黑夜可以任雨傾盆

馬路早就乾涸

有人苦苦把錨鑿下去

鎖不住船，鎖不住海，而一月

未盡。聽來自新世界的夜

我餓，超商倒映森林裡星光閃爍

唯記憶澎湃，有人提示

出路燈。付款處堆起明日雪

當遠方有人地鐵站中忽然倒下死

一月未盡群鳥旋轉飢餓擴大

小提琴後面小提琴

琴弓起落如穿過人間的箭

誰說焚化爐已預校溫度

馬路有重量，誦經聲

比窗前走著的雨水有致

未盡的晚餐，未盡的新聞

放下手執之物：

一月船匆匆離岸。

# 無題

樟腦、帆船
我們驅散影子以影子

當世界爆發我沒有的光
那是壺，沒有進入的都必須

低頭，敲打顱骨的窗
像一條挖泥的狗

另一隻鞋要踩碎多少黃昏才變成
陪葬品

另一隻眼
何時開始無法閉合

我沒有的光
堡壘、蒼藍色的大海

衣櫃和枕頭
一個比一個空蕩，當我們覆上

茶杯的矽膠蓋子
風吹過，卦象被揭曉之前

就已回歸渾沌

## 極限

凡事總有個限度
你不可能一直瘦下去

這可能是你寫的最後一首詩
給最後一個讀詩的時代

死神耐性有限
他在床邊守候很久了

凡事總有個限度
至於貧窮、飢餓和惡疾

我不知道它們的極限在哪裡
死神說：是有的，雖然我也不知道

臉

身為作家
我們必須認清一個事實
所有權威的臉譜都是一樣的
受壓迫的人則不然

必須明白
任何臉孔放得太大都像魔鬼
縮得太小都是碎石
唯有看不見的臉譜最像人

我們書寫萬物時
我們的臉就在萬物中浮現
讓焚燒的森林露出一張悲傷的臉
逼無情的世界張開雙眼

但是身為作家
在這雪意欲出的寒夜裡
我們自己的臉龐正在一點點消失
化成屏幕裡後退的燈光

## 畫畫

白布罩在我們的臉上
我逐一繪上眼睛和嘴巴

有些人重新睜開眼
有些人試圖說話

更多人沒有反應
白布紋風不動

可能他們已經死去了
可能只是我畫得不夠好

誰來接力再畫一次？
即使墨水所剩無多

# 火燒動物園

天燈墜下來
所有動物無一倖免
我們也是——
無論我們如何小心經營
拒絕學習鑽木取火
寧願茹毛飲血
寧願活得齷齪頹廢
寧願定時定候雞啼狗吠
或者裝聾作啞
但你的祝福如此美麗
你有光明的未來
而我們終究是野獸
是域外的異類
天燈墜下，火來了
我們就化成一陣燒焦的肉香
和新聞報導的一個段落

## 玫瑰

這座星球是一朵玫瑰
城市和海是玫瑰
彌敦道是生死在曠野的玫瑰

每個孩子的家窗
都是一朵朵待放的玫瑰

時間是玫瑰
正在嬉戲與長大的都是玫瑰

哀悼者的歌聲是玫瑰
被石頭反覆敲打的
時代的靈魂
是在午夜時分沉默地出血的
將枯的玫瑰

# 清醒

人類畢竟只有在清醒時
才能令世界大亂

所以我也搞不清楚
現在清醒的人是太少還是太多

**我在此**

我沒有沉默
我已經把要說的話
白紙白字
寫得明明白白

在墨水被允許以前
我寫

田

一個農夫
不一定比一個總統更愛國

但是他愛國的方式
也許比較乾淨

**口吃**

近來孩子開始口吃
把詞語吃成解讀困難的電碼

我們也開開始口吃
何妨把口吃當做新新的語言
保持通話

## 天使的禮物

大都市裡
到處都是單人的絕境

偽冒的上帝讓他們狹路相逢
然後嚼食湮滅的餘溫

## 叉角羚

萬里無燈的黑夜裡
唯有叉角羚抬頭
據說可以看見土星的環

我若是那頭注目於星際的獸
是否同樣甘心
承受土星環的重量與孤獨？

聖索菲亞大教堂重新變成了清真寺
教堂裡的老貓沒有跟隨改變信仰

牠壓根兒就不在乎那些禱告與敬拜
像我認識的許多香港人一樣

**連篇**

為了到陽間旅行
他特地學習人話

誰料來了才發現
沒這必要

照鏡

常被人說我白髮多了
我的理解是黑裡多了點白
剛才起床照鏡
好像是白裡少了點黑

## 月
## 圓

今日中秋
但是我們不慶祝
因為月亮不圓

月亮圓不圓是月亮的事
剩下來的
就是我們的事了

# 水的顏色

約翰尼斯堡的水是紫色的
坎帕拉的水是粉紅色的
明斯克的水是黃色的
曼谷的水是藍色的

四十日大雨後
人間只能是透明的

# 步步為營

步步為營的意思是

若我們前行而不拔寨

很多很多年以後

將遍野都是我們的營壘

大風一起，就見萬旗飄揚

**無題**

女兒說要用泥膠捏一朵綠色的花
綠色的花？
我到底應該否定還是附和
就讓她去捏吧？
像當年也沒有誰阻止他怎樣用泥造人
再照著這些人的形象
重塑自己

**掘**

什麼日子了
就只想多抓一些掘地兔
忽然冒出來的精靈
何妨借牠的耳朵掘一些墳墓
再掘多一些，不夠
最好遍野皆是

預感

一切正在碎落。

你看見的是窗外的風景：
城門谷、大窩口、大河道、荃灣海濱
怎麼沒為意玻璃上的裂紋正在增加？

是的，你看不見
你正在與鄰座的朋友閒聊
我穿過你們看向外面

有車、有人，尋常的午後街景
但車窗正在碎裂，悄悄地
慢慢地，窗外的世界終將面目全非

## 論鳥鳴

鳥鳴比鳥自由

你逼令所有事物暴露在陽光下
那抹陽光就是可憐的

如今我是皮膚
我的骨骼成為空間
我的肉是時間

鳥已經死了
所以鳥鳴在時空之中，自由了

## 噩夢

在夢中印刷一本書
裡面沒有詩
只是一疊白紙
這時敲門聲把我嚇醒
原來是速遞
送來一本詩集

裡面沒有詩只有一疊白紙

# 聖誕樹

孩子畫了一棵聖誕樹

我建議她上色

樹葉應該是什麼顏色？

當然是綠色的

那些纏著樹身的燈飾呢？

自然是五光十色

那麼樹幹呢？

孩子說樹幹必須是啡色

因為街上的樹幹

全都是一樣的啡色

# 聖誕

在手機裡看見朋友安好
正在月台等候早來的尾班火車
遠方的天空暗藍一片
綴以幾顆白點
是細雪還是星光？
掃向下一幀照片吧
不是，只是屏幕上的小塵埃

## 無題

無意冒犯
我只是想弄清楚
宣揚世界和平
是否仍然被允許

悼念死者和反對戰爭
算不算是危險思想

# 替代

家裡的燈泡適時燒了
我從孩子的蠟筆裡
取出最捨得放棄的一支
白色那一支
點燃
足夠再燒上幾年

# 掌燈人——敬悼蔡炎培

說他是時代最好的詩人
他大概會笑著罵句荒唐吧？
但是若酸他是最可愛最多情的老爺子
這下他沒有話說了吧

他沒有話要說了
其詩如車裡的燈火，快馬加鞭
照亮著銀河路上的永夜

# 年獸

孩子的假期功課關於年獸
除了燒炮仗驅趕以外
請為村民設想一個新方法應對

「那麼就與獸共存吧
或者離開村莊」

孩子皺了眉頭
她對於年獸的概念尚很模糊
我不

## 生養

我把孩子帶到世上

教他認識死亡與虛無

我選擇在這個地方養育孩子

是為了教他什麼是正義

什麼是慈悲

**召喚**

後來我想通了
就在那隻半夜死去的鳥魂回來的一瞬間
我聽見牠唱：

最重要的不是如何守護記憶
而是在徹底遺忘以後
如何重新召喚明日的太陽

## 火警鐘

在半睡半醒之間
傳來火警鐘響
一時搞不清楚是從哪個方向傳來
只想趕緊尋找生路
卻不知道逃亡的緊急出口
開在醒的一邊
還是夢裡的另一頭

# 心理

神說：把你的孩子獻給我
當時阿伯拉罕是怎樣想的呢
二十五歲的以撒是怎樣想的呢

去問問那些在一夜間失去寵物的小孩子
他們知道

# 小丑

早上六時
那個無家可歸的小丑準時敲門
「不是今日」，我冷冷地
再一次拒絕了他

今日他沒有來
等到七時了
我只好戴上紅鼻子和派對帽出門

# 論死亡

15歲時提及死亡
像談論遙遠的世界末日

30歲時見識死亡
像凝視一顆墜落中的小行星

60歲時抬起頭
「啊，月色真美。」

注：「月色真美」語出《源氏物語》。

**失
去**

聽說某國詩人被殺
我下意識摸摸自己身上
沒洞，摸摸頸椎
皮肉還相連著，摸摸鼻子
沒有變化，摸摸我的書
變薄了

好像變薄了啊

# 載入中

打磨你的隱喻
校準字與字的距離
把每個標點撙到恰到好處
把題目裝填好

屋外是喪屍末日
我們交換最後的笑話
遊戲開始
就衝出去吧

**乳
牛**

乳牛受到擠壓所以分泌
有人嘲笑作家：「你們的文字拯救不了世界」
以我所認識的乳牛們
牠們不關心產出的奶是否高鈣低脂

# 天空下

在飛鳥獲准離開時
那些將他們囚禁的捕鳥人
早已經永遠飛到更遠的地方了

三十年、五十年？
今日在街上歌舞慶祝的
和垂首喪氣的
同樣會衰老
獲發配「長期病」的臂章
或者連臂章一併化灰
誰能例外呢

為什麼要例外呢
我們泵起一個又一個氫氣球
學習放手。

# 黑雨寫詩

黑雨如潑墨
染黑的紙還能如何書寫？
有人用血、有人用鹽
或者石頭、或者燒字以火？
我思考良久
才想到還是可以用墨
在黑紙上繼續書寫
寫的是空懸於蒼茫世上
無人卒讀的詩

## 悼歌

我以醒來悼念昨夜的月光
以沉默悼念河水的犧牲

我舉手是對能夠安眠的日子的悼念
我垂頭就是悼念一切方興未艾的悲傷

我深切知道曆法的書寫不被允許
所以我用行走悼念我們的青春

悼念那個天亮以前當鎖
仍然扣在門上而不是記憶之上的時年

太平

冷氣機滴水
我說在下大雨的日子才開
就沒事了

夜如是
只要暴雨夠張狂
百鬼如何夜行都沒事了

# 列寧格勒

樓上偶爾的鑿擊
聽起來像午夜敲門
特別惹人討厭

**之後**

趕在末日以前
我們到底應該寫下些什麼
才能夠讓這片廢墟
更值得被重建？

## 上校

「你們要愛！」
年老的上校一聲令下
槍聲此起彼落
行刑隊已經把一干人等
提前送往了不需要被愛的地方

## 小回憶

小時候母親不准我揸玩具槍
禁止向人出拳和起飛腳
也不可以舞刀弄劍
長大後總是若有所憾

直至有次接女兒放學
走過玩具店裡陳列的槍劍
我拎起來，一轉念又放回架上
我忽然明白母親的嚴厲

一半是怕
一半是愛

**蛋**

巴士經過山邊
一個有著圍牆的地方
忽然發現牆是向外圍攏的
光困在裡面
像一隻待孵的蛋

時候尚早，我未聽見蛋殼被敲響的聲音

**贈友**

228這一組數字
你會想起什麼

那次我從228紀念館出來
就坐上台鐵往台中
沿線看見夕陽與風車

我想，說起228
我會一直想起這個畫面
一直想起

夢中

巡遊隊伍中無人握持面具
小步階梯上群眾盛裝觀賞歌劇
我在人潮間張皇地穿插
尋找一處可供販賣違禁詩集的地方

# 深水灣道上

美麗的山
奢華的別墅
延綿無盡的塞車
我忍不住回頭拍照
他們紛紛還我以廢氣

這樣說吧
數著超前了多少架車
著實讓人快樂
除了一點：
他們都沒有戴口罩
我要

**危險**　在香港寫詩是危險的
因為過於專注在手機屏幕上的字
會發現不到交通燈轉色

**書**　我不關心今日有什麼消失
　　　我只想知道一千年以後的人
　　　有沒有辦法讀到它們

# 天擇

**亞維農**

「寬恕他們吧
他們不知道自己在做什麼」

如果他們知道呢？

或許有兩座天堂、兩座地獄
在他們的審判中：

「我們要下地獄」

下的是他們的地獄
火焰甚至比我們的地獄更燙

來吧，拾起你的木棍
我們這就去拆掉一些東西：

「譬如說
他們的天堂」

# 新年快樂

夜已深，孔雀仍然忙於

向黑暗開屏，是的

時代，我們向你致以最真誠的詛咒

像對豬狗不如的人類一樣

時間一直在逆行

天空下起黃金的鈴鐺

世界響亮，野豬從一些房間

闖進另外一些。

新年快樂：

每一隻都胸懷子彈

每一座森林都是機關

你知道歷史上第一所淪陷的國會

在哪裡？我也不知道

為什麼孔雀會中毒而死

為什麼煙花璀璨

但是我知道你，時代

正以光一樣的速度衰老

離開活著的我們，並且愈來愈冷

## 下地獄

壞人就應該下地獄

不是死後

死後的地獄

不及活著的地獄

當然不是火海

也不是垃圾場或堆填區

沒有那麼戲劇化

活著的地獄不過就是

明日清晨的霧

通向下層的後樓梯

或一根即將燒斷的香菸

不過就是腐爛的水果

濺出的熱湯

以及尾班車以後的長街

壞人下地獄吧

所有壞人統統都下地獄吧

城市裡所有的好人終於統一口徑：

我們不介意

跟你們一起下到地獄去

看你們跳舞

跳到死

# 喝酒

人間已無酒
我們往地獄去暢飲
為了砍掉一些亡靈的頭
這趟地獄列車
請賣給我一張車票
我要直達終點站的班次
給我跳過所有裁判所和煉獄車站
——浪費時間。

給我買通在孟婆橋上檢查護照的關員
或乾脆把他們掉進忘川
我不介意為此
被罰要羈留在地獄裡多幾個夜晚

人間正鬧酒荒，地獄裡有
何堪獨酌？
這罈萬古的辣酒
我城有無數人正要排隊去喝
兌著記憶去喝
滲著在寒冬裡咆哮的忘川水去喝

至於如何替這收容惡鬼的地獄砌牆
來，先把好酒乾了再說。

# 記住今晚

世界裂開
像一顆櫻桃熟透
火焰從裡面迸開來
該盲的
都會盲掉

而時間收斂一切
死亡有自己的剪接方式

我們走路就是
不斷踩碎自己
城市收縮、放鬆
張弛之間
一個走鋼線的人
在鋼線上老去
路走到一半就化成灰

記住今晚吧
這時我們仍有酒、仍有塵
可以打掃
可以想像明日
熔錫一樣的太陽
照耀死亡

到了那個時候
我們就不再吃喝和說話

# 醫

如此人間不允許你救人

生命必須收歸公有

你不可以貧窮

只有父母稱得上一貧如洗

至於愛，從上而下

暖意從唯一的指尖流出

至於恨，上帝不允許

恨是異端

是黑色的欲望，你若救人

就是從他的手中掠奪了死亡

就是任由恨意存活於世上

上醫醫國、中醫醫人

在厲鬼的人間

唯有瘟疫可以橫行

當藥是帶血腥味的饅頭

懸壺何以濟世？不如懸刀。

# 餓死一個孩子

你偉大，你必要

你把一個孩子活活餓死

像餓死一顆石頭

一顆三億年的石頭

填到瘟疫的海裡

潮汐漲退，你張掛的燈籠

還有沒有該有的重量？

你怒目，你低眉

裝模作樣，但是你把一個孩子

你把一千個一萬個孩子

餓死在你的眉目之間

像餓死從南山到北海之間的

一堆亂石頭。

# 地獄

遍地屍骸和磚瓦
槍火和血跡
有人說這是地獄，這還不算

毒煙把街道燻成白色
禽鳥撞向大地，藤蔓枯萎
有人說這是地獄，這還不算

疫病肆虐，不分貧富好壞
把人名從生死冊上一個接一個劃去
這仍然不是地獄，這還不算

只有被判決永死的人才能下地獄
這人間的惡罪未經審訊
所以這裡比地獄更糟糕，但畢竟不是地獄

# 第二秒

以春之泉水
我們鑄製薄荷貨幣
一批優良的貨品
以及一筆不錯的罰款。

遍地是大麻是草
蒼蠅飛舞，
地上的石頭興奮莫名

將淚水撕開
讓關鍵的鑰匙斷裂
休憩：分秒被計算著
在正確之右側
當鉛錘急墜——

在謊言躺臥之地
然而玫瑰曾經上升。

# 審判

不，不是只有好人死的
壞人都會死
任何人都會，全家都會有
生之日，死之日，都會
穿白的人會死
不，不是只有穿白的人會死
戴黑的都會
不是只有好人早死
壞人都會早死
人皆有一死，死不是
詛咒，地獄是任何人都要去的
還沒有聽過有人死後
不是回歸物質循環
埋進土地，或入火中
後來進入另一個生命——

而審判總是會來的
若不在死後
也許在生前
在誕生的一刻審判已經完成

上帝的眼睛
是沒有時序的

## 記憶頌

回想已是太久沒有吃過你了，記憶
從雪的深窖中一個透明的藏袋
把你逐隻抖落。大碗裡是覆雪的血肉
解凍你，像琥珀裡的恐龍骨
猶有從懸崖外乘風飛翔的夢想
當雪成水，記憶的鋸齒邊緣稍減凌厲
然後是用等待去醃漬
一種鹹香和成色：當夕照臨窗
記憶也是一隻隻的金黃澄亮
就下鍋，就讓高熱凝固你
直至竹箸可以從你的骨骼之間穿過
像我們也曾用力的穿過歲月之縫
直至觸到堅硬的鍋底：當星光滿眼
許是夜了，唯夜色允許
一室浸在煮透的記憶的醬香裡
唯夜色允許我們趁熱，趁熱把記憶拆開
讓肉離析自骨，讓咀嚼取代飛翔
夢自有夢的體質，當記憶終於看見我
終於看見了飢餓的我
恆齒如刀，如磨，時間壓縮
記憶遂糜糜蠕向酸的深淵
回想已是太久沒有念及你了
佗傺又是踟躕，一隻農鳥
晨昏守望在地平線的彼方，曾經——

# 時間之艦

時間之艦擱淺在2020
病毒像梭子魚躍上甲板

我們蒙面如生死交界的海盜
不記得殺過人

當大陸漸漸回歸成海洋
我們出發碼頭就消失

不要回首了
聽美人魚的歌唱會令檣傾楫摧

我們在夜空下憤怒，悲痛
但是這一切無可奉告

就拉著將枯朽的大提琴
在怒濤中搜索記憶——

「當你密謀突擊我們的城市
就連一座高壓電塔都不會把你放過」

就拉起旗幟最後一次在這風暴裡
就迎向漆黑的前方戮力呼吸

時間之艦終於擱淺在1989
在1997，在2003

美人魚從高樓躍下來了
從此世界的板塊各自分離

天地無明
我們為獵槍斟滿子彈

你曾餵給我們幾多苦澀的死亡
我們這就來逐筆算清

# 雜句

病毒在城市開挖出一個個洞
街上的商店忽然被圍封

有人掉進馬路深淵
他剛剛才快樂地走過身旁

那個全身血液流乾的人
在投注站門口兜售身上子彈

每走過一個街口
就得慶幸自己仍然感到痛楚

每隔一點八米點一根白蠟燭
是的，就在今晚

亡魚游過旱地
生產線上的動詞愈來愈不及物

誰仍然駐守遠方
看著一塊塊霓虹招牌漸次熄滅

苦悶社會誰都動輒得咎
愈來愈難說話，也愈來愈難不說。

**揭開**

注定水就要淹死我們
讓我們死時燦爛，最少比仇人愉悅
讓我們的餐桌豐盛，去年收成的葡萄
已釀成美酒，讓我們輪流唸詩，敲杯子
和唱一遍又一遍那些
只有我們懂唱的歌，讓我們以鹽代水
為自己的人生祝聖，就把銀行密碼
身分證號碼等一一大聲朗讀
像那些窮人分享流浪和戀愛的記憶
「曾經我愛上過異國的神明，
為此忘記人類的生存」
注定我們就是一閃即逝，注定
死亡要把我和仇人分裝到不同的包裹
我只期望若來生要轉世成燈
這盞燈可以掛低一點，貼近人間
可以冷淡一點，讓飛蛾留在自己的夢裡
而我們不再為了得不到的鹽而惆悵
天大地大，玫瑰自顧自地開花
水退的時候，遍野都是新生的聲音

**文化**

從幽溝裡破殼而出
漸漸長出黑亮的外骨骼

在城市角落搜索生機
鑽入制度的門隙

有人厭惡有人鄙視
但是誰比牠們更古老？

詞語：一隻隻新生的黑眼睛
爬上當權者的膝蓋

# 咆哮

咆哮
唯有鑿到石上才響亮

當我們記憶

記憶就開始呼吸
站起來行走

當記憶行走
我們就僥倖地活著

當潮漲的海
仍拍打著岩岸

在石頭上鑿出聲音
不是虛無的口號

是連綿不斷的咆哮
或喘氣聲

有人自記憶踏浪而來
又重返

當我們咆哮

當石頭的記憶永遠地響亮

# 鬼滅以後

在開往日出的鐵皮火車裡
再聆聽一首安眠曲
就可以死去嗎
就可以從夢裡甦醒嗎？

只有那些告別時代的人
踏雪而去有之
隨焚風燒成灰燼有之
如今哪裡都不在了

漫天塵埃裡我們走過
一點點消失的街道
行人從湧動的時間裡消失
愈來愈多活人把自己偽裝成鬼
開始食人飲血、唱鬼的歌

現世就是新的地獄圖景
可是若到處都是地獄
地獄的存在尚有其價值嗎？

所謂地獄的守門人
是守住裡面還是外面？
你指向遠方——
黑森林在獵戶座底下
像一頭巨大的野獸沉睡著
北北西也有一個人在彌留

夜到了盡頭我站在黎明的階前
接住那些下墜的影子
百鳥迎向晨霧鋪蓋了天空
鴉啼處處，而鬼早已無跡可尋

告訴我們日出的意義吧
鐵皮火車始終以全速開往明日
當陽光終於橫掃焦黑的大地
孩子們要記得及時醒來
執起燒剩的枯枝
為人間這空白的曆法刻上日子

# 末日

鋼琴家開始向敵人投擲鋼琴
畫家們削筆成矛

末日之戰近了
狙擊手拿起晚餐的叉子擲向遠方

上帝拾起骰子
這是我最後的武器：他說

我們是只懂寫詩的人
來吧，讓我們撿起逝者胸膛上的矛

改造成筆
如果可以的話，我們繼續寫詩

## 字母的聲音

孩子把拼字遊戲積木裝進瓶子
搖晃著，塑膠粒在裡面彼此撞擊
她說：「聽，這是字母的聲音」

若我無法說話了
無法用熟悉的字母組織成言語
若一切組織皆被禁絕──

我應該向孩子學習：
她把瓶中字母傾向更大的盒子
客廳裡變得更嘈吵了

那些野蠻的元音和輔音
正在以最原始的方式咆哮

# 蝶翅

見地上一片蝶翅
知道是死了一隻蝴蝶
或者多於一隻
或者是漫山的蝴蝶
都死了
初夏，過了四月中
我當然知道暴雨將至
唯未及仰首
天際已無高飛的鳥
已無光的裂縫
念去，去千里煙波
人間近，天堂遠
多少年矣，詩寫就了
就刪。過了四月中
我們是等這場雨很久了
而蝴蝶怕是不等了
鳥怕是不等了
人間怕是忘記了
至於天堂
天堂怕是更遠了。

# 悼狒狒

走失幾日
到發現時已經中槍
終於死了

有人問是誰殺的
為什麼要殺

或者是
何時殺的

記得以前
我們也問過

現在
不問了

不問了
關於生死
或關於公理的

或關於免於恐懼
的問題

問問問
上帝說：

所有的問題
答案都在我這裡

現在
連問題都
來到我這裡

我就是
道路，真理，生命

（從問題到答案之間的）
道路

（還有呢？）
真理

（就這樣嗎？）
和生命

所以話
誰走失了
誰就是我的羊

所以話
我走失了

我就變成了羊

羊說：

（咩話？）

咩

「為我的孩子拍張照片吧」

我一直不寫
是因為害怕任何書寫都變成消費
任何旁觀都顯得冷漠
而事實是我們一直保持冷靜
不願意投放過多情緒
因為我們懷疑如此旁觀，
如此抒情，如此哀悼的正當性

哀悼必然伴隨著結束哀悼的時刻
流淚必然接上了洗面
忘記以及其他種種儀式或反儀式
在這個時代裡
情境轉換的過程被壓縮進分秒之間
就像看電影，隨時快轉，暫停，倒帶
就像下著外送午餐的單
同時聆聽牧師傳道
同時翻揭最新一季的旅遊雜誌
同時家裡有人在抱怨衣物晾曬不乾
同時上帝悄悄來到你的耳邊說：
哈囉，你是聽見的吧。

天堂之門的密碼是什麼？
一組誰都曾經接收過又遺忘的數字
寫在翻飛的塵埃裡
如今卻總是找不到開門的辦法

我們從防盜眼窺探上帝
他從另一隻防盜眼中辨認我們
這一切在剎那之間發生
下一秒天地崩塌
我們被分發到各自的時空
每一個平行的時空裡
都有一個上帝

哈囉——你是聽見的吧——

為我的孩子拍張照片吧
他說，而他可愛的孩子已經死去
只有一隻手被緊緊地握住
那麼在每一個平行時空裡都有一隻手被握住
都有一個上帝被質疑
都有塵土不敢沉澱，也不敢造聲

但是在每一個平行時空裡都有人
承受著對自身的懷疑和愧疚
去寫詩、去畫畫、去吟哦、去拍攝
那個在防盜眼中驚鴻一瞥的上帝
那一道閃電
和閃電過後那探向無限湮遠未來的空寂

注：寫於土耳其及敘利亞地震之後。

發明

人類發明攝影
發明彩色印刷技術
發明最鮮麗的紅色顏料
發明電動機
發明路軌、枕木和車輪
全是為了這一刻：

幾個人在立陶宛的火車站
懸掛起慄目的巨幅橫額
讓過境的旅人凝視基輔的當下
第聶伯羅的當下、哈爾基夫的當下
因為人類也發明了導彈
炸藥、坦克、戰鬥機

僅此而已

人類沒有發明生存和死亡
至於上帝和撒旦是不是人類發明的
這就不好說

# 一個祕密

告訴你一個祕密吧
我們早已忘記了
某個深夜我們在哪裡
嗅到什麼氣味、聽到什麼叫聲

像一個空罐子忘記了盛載過什麼
一座空城市忘記了裡面活過什麼人
像海港忘記了渡輪和游魚
像馬路忘記了被永遠輾過的石頭和瀝青

什麼都忘記了
夢裡的聲響不過是床頭鬧鐘
日復一日，夢裡的血淚不過是
發生在遠方的歷史

告訴你吧
「忘記」就是那個必須守住的祕密
不可以讓人知道原來我們是真的忘記了
這樣我們才會永遠被懷疑
這樣才能夠（在各種意義上）
理直氣壯地活下去

# 趕路者

燈光碎落。

我想像車行在巨大的模型中
塑膠馬路，木製橋樑和隧道口
火車站詭異地閃著白熾燈的光輝
今日我教到骨頭的結構和成分
提起鬼火的原理
車停在大攬，我該轉車了
矮牆外是樹樹外是林。

秋蟲為這模型世界報喪
地獄在遠方慶祝涼冬將至

這模型像我所活著的世界
有其獨一無二的編號和出廠證明
排在前面的男人往馬路邊的渠口吐痰
往下墜落就直接抵達末日
哀哉，時間像一條歪七扭八的脊椎

每一節都以各自的方式
在劇烈疼痛
像一串掛在青馬橋上的發光頭顱
秋後了，天陰霧溼
新鬼們嘈切夠了沒有。

燈光凝固吧

化作齏粉，蝴蝶是唯一的液態

不要阻路，我們猶有千里孤墳未及打掃

就回頭，把麵包打碎

用加倍的沉默

靜靜地餵食這群厭世的蟋蟀。

## 為美好的未來而寫

世界何時對我們心存善意？
禮堂的簾幕纏起
早晨的陽光漸次褪去
今日也有很多事情會被記錄下來
更多的將被遺忘

日子與日子像印刷紙張疊起
把四邊裁切整齊
我們搖著心中的銅鈴
隱然是遠方一場葬禮的回聲

世界何曾不是以一場葬禮結束？
或者是火葬場升起的煙
從眼眶跑出去的子彈
一首詩的最後一句
脫落自開到荼蘼的花葉

我們最後能夠帶著什麼離去？
在最後一首歌裡醒來
不過是夜中一盞水銀燈熄滅以後
仍然不肯消逝的螢光

有人揭露那些餵哺鴿子的謊話
紀念碑前的旗幟向大海飄揚
飢餓注定重新佔領房子

從解凍詞語滲出的血水
注定要淹沒舊世界的語言

我趁著小息繞禮堂走一圈
檢查牆上成網的老電線
從出口告示冒出來的一束
接到荒廢了的扇葉上
從雲中打落的雷電
接到承受被遺忘之人的土地裡

對時間坦白吧
到頭來只有我們自己面對
一樹秋色轉眼落了滿地
在我們回家的途上
酒廊歌手開始一天的工作
流亡者正在購買日用品
下班的人潮在馬路的盡頭消失

# 不要回頭

不要回頭
你不可能看見城市光潔如舊
大樓簇新如剛剛建成時
那些歡呼和被剪斷開的彩帶
不要回頭
我的髮鬢早已不復以前的黝黑
我呼喚你名字
也已經沒有當年的生氣
像父輩曾經拉著我們在河岸緩跑
那是早春的城市七點鐘
我們的前額高於太陽
不要回頭


你不可能以倒數時間
換取一本讀過的書返回前頁
或一盞昭告盛世的煙花
熄進完好的彈殼
你以為回頭會見到鬼，但是不會
這城市這人生有什麼不同
所有鬧鬼的房子都只剩下荒涼
所有回頭的路，所有撥通過的電話
都只有斷掉的線頭
還來的票尾，失去鐘面的時針

所以若你仍心有所愛
就不要回頭
那麼前人就從未遠去
城市就永不蒼老
那些人面仍是我們記得的模樣
不要回頭，就此張開耳朵
是白蘭花地攤小販的叫賣聲
父母訓斥著頑皮的孩子
師傅敲鑿叮叮糖
直至深秋的風關上了後巷的鐵門

# 忍冬

我從無限的窗口探出頭來
是黑夜的鐘敲醒了我
那不是具象的
世上沒有任何一塊青銅
可以鑄造這音色
我知道黎明尚遠
雄蕊永遠等不及雌蕊
而清晨的光
永遠等不及黑夜裡鐘聲的凋亡

那些火藥引是雄蕊
那些敲鐘的麻繩也是雄蕊
只有太陽比我們更早知道影子
即使幽靈已經絕種
但是海洋的對面必須是大陸
一朵攀緣地軸而來的忍冬
穿過最後的沼澤地
只是為了帶來訊息：這是信封
信封就是答案

就是未來一切了
裡面連一根白髮都沒有
所有塵埃都是今夜的花香
今夜我們看見地球的紅疹正在發熱
你說起黎明的傳說——

傳說黎明之神為了哀悼死去的無名者
趕在太陽之前偷偷簽註路上每一塊石頭
當永恆燃燒的車輪輾過時
人間從此響起了萬籟

是這樣啊
有人說那就像末日前夕的號角聲
有人說不過是遠方教堂迎向旭日的晨鐘
我聽著忍冬蜷曲的枝條向世界宣告
若你是永恆之美我就是籠中的蟬
智慧耗盡，衰老得無言無語
但永遠記得要愛著
這旋轉的海洋
這窗前定格的廢墟。

# 騎驢記

我在洗菜、弄三文治

批改學生的作業

點算家中日用品的藏量

簽寫操行、趕赴監考

遠方發生炸彈襲擊

病毒在肆虐，有一群人

在炮管的瞄準中寫詩

在危牆下朗誦


有人不容許我提及一些事情

有人質問我為什麼不去提及這些事情

我想著如何回應騎驢的問題

但是孩子的功課快到限期

晚餐也得準備了


我想可否以一首詩回答

但是詩歌並不是任何事情的答案

我企圖寫詩宣告

但是詩不從事宣告、也不主張


詩歌何為？

遠方有一群人被詩歌逼向絕境

另一群人在絕境中寫詩

除此以外，他們洗菜

煮飯、燙衣服

買廁紙和衛生棉
但是他們的筆從不停歇
即使墨水耗盡也不放棄手中的筆

我並無仿傚之意
但是走上的道路將何其相似
路旁同樣有人指點我們
應該怎樣馱負生活
讓孩子走路還是騎上
我們那早已疲累不堪的詩歌？

我們低頭繼續前行
人們追著指罵然後就解散了
暮色四合，漫漫長夜裡
我陪伴著我那衰老的驢子
安靜地翻越山脈，走向海岸

# 擋

朋友問
你的書厚到這個樣子
能擋子彈嗎？

我想
說不定
它能擋下更大的東西？

那麼
當有人抱怨
「詩不能抵擋坦克的時候」
我就拍拍心口
讓我來
好歹試一試嘛

就算擋不住
最少在輾過以後
仍有一點厚度
可以回收
用來
擋下一顆子彈

# 幾個朋友

我有一個朋友告訴我
因為軍政府的禁網手段
他與編輯的電郵聯繫被切斷了
請我代傳口訊
關於兩首詩的刊登事宜

我有一個朋友
我們在線上匆匆道別
不懂如何開口說想好好擁抱
他告訴我「我們都是詩人
我懂得你的意思」

我有一個朋友
她在幾年前忽然失蹤了
就是那種神祕的憑空消失
她寫過一些詩
好像也沒有流傳下來

我有一個朋友
後來他只願意寫憤怒的詩
不再認同我所書寫的
所以我們似乎不是朋友了
但是比起詩歌這實在微不足道

我有一些朋友
他們從來沒有讀過我的詩
我們聊生活、看風景、喝酒
所以這首詩裡寫的事情多少真假
幸運地，他們並不需要知道

## 一首錯漏百出的敘事詩

那是個九歲的小男孩
當盜賊的刀鋒穿過他的胸膛時
他正在撲向媽媽的懷抱中
那是一個深夜，在仰光
不是，是曼德勒還是蒲甘？
後來孩子有沒有死去
他叫什麼名字，為了什麼夢想
而活到現在？萬里之外
我們僅靠外電的報導
幾乎憑空去想像那個畫面
去想像一次突如其來的失去
在腦中重現一宗微渺的人類浩劫
以及後來那些混亂的不知所措
但是我們終究錯漏百出──
事實是不是只有七歲的小女孩
情急地撲向她的父親
擋下的是子彈，而不是長刀？
多年以後，誰也記不清

一件發生在多年以前的事情
無法再清晰地紀錄
那些死去的孩子們的名字與生平
然而地球上的火山還是
日復一日地爆發，熔岩逐寸冷卻
孔雀也適時開屏，直至滅絕

叮嚀

爸爸現在去睡一會兒
若沒有什麼事情不要弄醒我
例如鞋子穿反了
自己來把它穿好就是
或者書讀完了
就自己去尋找新的
例如蠟筆寫不出字來了
那就不必再寫
好好看窗外的風景
盆裡的小花

爸爸如果說夢話
像在投訴身體發冷
因為劇烈痛楚而呻吟
也大概可以不理
萬一我從夢裡拋出一首詩來
若你記得請替我錄下
若不可能那就隨它

但是若爸爸從夢裡
喊出一些你從未聽過的名字
那就把我叫醒吧
啊不對
不要管窗外是急風暴雨
還是昏暗無明了

去穿我的雨衣掌我的燈
趕快從玩具堆中
找回你最喜愛的娃娃
就抱緊著離開吧

# 病中小記

實不相瞞我停筆很久了
這些日子我辦了兩場講座
出席學生的畢業禮
被他們取笑沒見一年已滿頭白髮
多年前日夕相對的老師隨病遠逝了
不再聽見洪鐘般的笑聲
連帶不懷好意的狡黠也煙消雲散
這些日子天氣總是悶熱，活得狼狽
狼狽得寫作亦毫無用處
閱讀變得徒具姿勢
我就趁著特價買下兩座連動的揚聲器
只想不斷重複聆聽低頻的聲音
像雷雨、非洲鼓或草原動物的心跳
像大河湧向夜的終極，瀉出生死界外
我只是想在無可奈何地前進之時
拉動世上的一小片荒蕪，隨我走吧
譬如停歇在我筆下的灰鴿之影
或者是早已對人間絕望的飛機引擎
我停筆的這些日子
難得離開了書寫狀態
放下了徒勞地對抗的武器
像逃出戰場的士兵
在頹唐的廢屋中活得更像一個人
晨光煮酒、斷石彈琴
若有路過的孩子就騙他我是個寫詩的

若尋訪者不巧是個壞詩人
我就用千金買下他的書
來撕碎，並用餘生
重組成我自己的輝煌

# 身為詩人……

身為詩人
我覺得你們正在錯過這個時代

或者在沉默到了某個時刻
就會被禁止歌唱

說吧，是怎樣的夏天
為什麼人們的心跳聲如此寧靜

他們用飲管插進龜裂的泥土
吸上來全是血

那些閃電正在為公雞的記憶充電
直至牠們發出天亮的啼聲

戰時的麵包店
在早晨總是傳出腐敗的氣味

一隻流離失所的松鼠
學習理解時鐘裡秒針轉動的意義

長頸鹿不再瞻望歲月
牠們交配誕下各種頸長的孩子

你們呢
仍需要一支新的鉛筆嗎？


注：「院子裏／閃電在為母雞／充電」為索雷斯庫
　　〈雷雨〉的名句。
　　「不，他們瞻望歲月。」為商禽〈長頸鹿〉的
　　名句。

摘

每年幾次的大手購書
或者是年歲漸長了
明白的事情多了
自然有了一些考慮

有些書本來是愛不釋手的
如今只好輕輕放低
有些書曾經不屑一顧
現在為了別人也得笑著放進懷裡

抱一大疊書走往櫃檯
就像攬住一籮筐剛剛取下的
紅熟鮮艷的果實
店員不看書名
冷冷地抄下了序號

我自然不會告訴他
剛才在叢葉裡瞥見一顆生澀的
果實上面有我的簽名
不，不必讓任何人知道
就讓它繼續青澀，繼續小小的
堅持在樹深深處掛著
像隱身一般，直至時日曷喪
仍然一直掛下去

# 恐怖

從飛機上墜落恐怖嗎
隨槍聲翻過圍牆恐怖嗎
把白花插在死者的胸口恐怖嗎

讀書和識字恐怖嗎
解下黑色的布卡恐怖嗎
讓一盞白花染成紅色恐怖嗎

巨大的死亡數字恐怖嗎
為未知去向的那些孩子落淚恐怖嗎
靜靜看著白花直至枯萎恐怖嗎

遍地數不完的落瓣恐怖嗎
屋頂上等待腐化的手腳恐怖嗎
在崩壞的世界裡保持呼吸恐怖嗎

贈送這人間一小束白花
讓我們在恐怖的日子裡一起失眠
一起哭一起唱歌可以嗎

注：學生告訴我他在看了阿富汗人從逃亡的軍機外
　　墜下的新聞後，難過得一夜無眠。

**日出**

直到停電時才發現
如果明朝太陽還是不升起的話
現在的詩就沒有意義

我應該繼續摸黑書寫
還是先想想祭祀太陽需要什麼貢品
那個一百年來已被人類遺忘的儀式？

或者把紙燒掉
還可以燃亮這暗室一陣子
過去的詩趕緊背熟
未來的詩我們不必寫下

讓詩歌口耳相傳吧
直至下一個世代的太陽升起

**幻彩**

準時八點，我們在尖沙嘴落船
風雨不多，激光掃向低空的霧給誰看
仍有一群人在偶像展板前排隊拍照
刺眼的射燈、廣告、下班的情侶和獨行人
我們隨意談起移民的朋友近況
（不是任何一個朋友，而是抽象的概念）
「朋友」。燈為誰而亮，就為誰而暗
詩為誰而寫，就為誰而刪
那年的煙花向誰盛放過
如今不再放過，這個璀璨都市
準時八點，盛世如斯。人們魚貫落船。

# 重寫〈骨將鳴〉

在月圓之夜
燃點我們。你會摸到空氣生熱
有物質在其中結聚
像鼻尖、然後是臉頰、然後
似眼珠的兩圓半球形狀
在皮下轉動——
你便伸展手臂，在黑暗中
碰到布帛鼓起成帆
水流過你的臉，風清涼如昔
是山勢、是海港的鹹腥
你用指尖掃過凹凸不平的樓宇
千家萬戶睡在房子裡
藏匿在宏大的城市模型中。
你聽見低鳴的鬼、輾過鐵軌的火車
漸漸消聲直至沉寂
你摸到的那些堅硬和柔軟
粗糙或平滑的肌理
正在逐寸風化；你摸到的塵埃
曾經是人；你摸到碎石
還有鐵、上面布滿鏽蝕的斑紋。
但是在愈來愈熱的空氣中
你的手穿過去仍然會摸得到
我們的唇、我們的眉目
正是那失蹤了的一切
就此回來，即使不再年輕

無法承受醉酒的頭痛
稜角不及往日分明
但是燃燒的氣味仍在
永遠燒不完是我們的骨灰
在烈火再次燃起的時候
骨將鳴

**無題**

在一篇關於藝術自由的訪問底下
自動回覆的留言吹噓自己投資獲利

有人到剛剛發布的法庭新聞裡寫
「如果不想就不要看我的視頻」

無論訊息真假都無人在意
手機燙手如被太陽燒紅的鐵

在夏天的長街上，除了蟬鳴
世上最後的聒噪來自頭頂的飛機

嘗試替每一則帖子按讚
假裝我也出現在地球上的每一個現場

直至被孩子提醒：
你看，是飛機

我用蟬的腹語術回答
是的，載著的都是正在離開的人

**跋**

暴雨只是自然現象
天空不會為誰而崩潰
時間沒有縮短
我們只是緩慢地老去
來到今夜
我已經無法辨認
誰仍在路上、誰停下

用手按住心臟位置的人
說的是謊話嗎
從此閉上嘴巴的人
就等於失憶了嗎
那個笑面迎人的少年
可會是末日以後
某個負責抄錄記憶的成員

黎明終究不象徵勝利
日暮也不必然途窮
眼色不再交換
火光捺去、手錶
不再校正，解僱水手
拆除了舵，不再觀測星辰
不再對星宿的方位了然在胸

我抄下一些名字
也抄下那些沒有名字的人
擦去時如何記得
關燈時、走下樓梯時
重複按下刪除鍵的時候
可以如何記得

或者讓暴雨去記住
雨衣和路
記住一個餓死的青年
或一個站著死去的老人
還有一個個沒有臉孔和聲帶的
守護著昨日輪廓的精靈

碰面而不再相認
傘下只有孤獨的圓形影子
那就撐著走下去吧
任身後的路被暴雨逐寸回收
星辰向火焰的方向墜毀
我們不再奢望回聲
踏過泥濘時
只為聽到鞋子一下下扎實地陷落
一次次從裡面抽拔出來的聲音

## 月蝕

把牌蓋好
在月蝕的時候
天地無明
但無明有無明的好
月亮消失不消失
潮水依然漲退

把手上的牌好好蓋住
誰都不用被揭開
既然沒有光
萬物可以更溫柔地生長

沒有光
滋生的不一定就是惡
也可能是
那些脆弱到不堪光照的
微小卻堅忍的善意

# 夜行

如此夜晚我們像地獄一樣走過
日常的那些過道
與避難而來的豺狼同行
分享同一壺酒、同一塊肉
我們像彼此的懸崖
或者是自己的橋
馬路對面的紅綠燈在行走
踟躕、擁抱對方直至吞噬對方的光

如是我們在黑夜中遠去或回歸
把星星鑲嵌在不寐的床前
在我們站起來不像一個人的時候
躺下，並想像自己是盤古
伸展手腳，讓山川河嶽漸漸成形
成形，像鳥離開渾沌飛向人間

哀歌倒播，所有嘆息皆成入聲
上帝走過水面：
我曾指揮一棵樹結滿果子
還有那一條發亮的肋骨
現在收藏於哪一個人的胸腔？

如此夜晚他邀我同行
從大暗中指示我天國之路
原來不過是城市不起眼的小缺口

像炎夏湧出冷氣的玻璃門縫
凜冬裡馬路中心的安全島
或者深秋之際巷口的一陣旋風
我見過有人從這些裂隙消失
像塵埃吹落宇宙的荒原
從此連被他人回憶都絕無僅有

然而此時此地沒有別人
上帝的聲音從荊棘之火中傳來
沒有更多的訊息，只有連續的入聲
像空間正在收縮或蠕動
我看著這火從夜晚漸漸燒出一張人臉
無數灰燼被吸向荊棘的末梢
地球是一顆分裂的細胞
回頭時卻看見兩顆行星正在融合
這時的我們啊
已經離開這世界很遠、很遠了。

**晚餐**

在街市買冷藏羊肉片
事頭婆說：
「買多兩包計平你啦
下星期搬走
你見我唔到㗎喇」

這番話好熟
我彷彿在哪裡聽過
沒有深究
我專心想像今晚的羊肉爐
以及因為多買了肉而必須吃的
明天和後天的火鍋

「就咁話啦」
耶穌說

**咖啡**

在猶豫著要不要為咖啡加糖的時候
某星座正在爆炸
其主星的毀滅
要在五萬年後才被觀察
其時咖啡樹的後代重新隱沒在雨林
甘蔗田能餵飽多少動物的孩子？

有人說恆星之死預示衰亡
我從明日開始讀好幾年的報紙
仍然找不到提示
到處是戰火與瘟疫
但是我知道在五萬年後的未來
事情早已發生

不要問怎麼知道
那個時代沒有報紙
只有松鼠在嚼漫山遍野的咖啡果

# 取景

如何安心
湯麵和豆漿的蒸氣燙在眼鏡上
不及男人埋首吃喝的滋味
狗鼻子哄入懷中就是另一種暖意

快樂無常，便如何定格人間
餐桌臨時豎起的高牆
到靜夜時會否稍息？
若一直定鏡拍下去
某一菲林方格見狗隨男人起身
離席，某一方格見男人先坐
狗或在，或尚不在
或無人在，我們如何安心——

吞下每一口氣
撫撫對方的眼耳舌鼻
趁著青春，或趁著中年
扶歲月的欄杆看風景

如何將安心攝錄下來
費心調色剪接
不如給光與影一雙綠筷子
去夾那些應節才妝點人間的紅燈籠

注：許鞍華導演傳來她拍下黃燦然在餐廳的照片，
　　即時寫詩回贈。

# 歉意

原諒我對那些像鎖鏈般的文字一無所知
無法理解它們被用來書寫什麼故事

原諒我對那些被殺的詩人一無所知
他們的臉容像未被翻譯的詩一樣難被記住

原諒我讀詩卻無法代入他們的民族記憶
而且總是只讀幾行就得分心應付生活

原諒我無論多痛亦只能像手握的細沙一樣
在時間之河面看著它們從指縫流下

當船在河上開行，那些顆粒打在水面
漣漪一圈扣著一圈正像那些鎖鏈般的文字

它們在時間之河上書寫——
死去的詩人也曾經如此在監牢裡、在昏燈下

直至那些瀉下的沙漸漸化成稻米
稻米化作子彈、子彈化成念珠

原諒我們在人間始終一無所獲
唯有在詩人們被河流帶走的晚上

他們的詩像孩子拖著手站在兩岸相送
我們才終於聽懂它們在向著人間細聲道歉

## 一、翻車魚來到屯門河──向也斯致敬

當年因為座頭鯨來到香港而寫詩的人
已經隨著座頭鯨潛回到生命的原鄉了
那些忽略座頭鯨警告的人
很多已經走了，但是很多仍然活著
經歷疫症，全球暖化和各種天災
直至讀到你闖進屯門河的這一則消息
因為罕見，即使事件無足輕重
卻也占據了城市這一天的報紙頭條
他們為你名字不祥的諧音抹冷汗
而不是你的安危：Mola Mola
專家紛紛為股市和樓市卜卦
對環球經濟前景表示憂慮
而不是對地球的命運表示什麼
他們討厭你的名字裡的負面意思
認定你的到來令他們損失財富
你呼吸著一座城市的缺氧的河水
此刻為找不到出海口而不安
無暇為任何人帶來警告
我知道你終將找到脫險之路
消失於人類的視野，明日的新聞
短暫來訪的經歷不會被記載
海洋帝國對你的報告同樣興趣缺缺
甚至你的一生裡也未曾遇見過座頭鯨

像人類也從未真正看見過你
抑或真正的大海，真正的遠方

## 二、孤獨佐治

群島，南風，海浪
一隻加拉帕戈斯象龜抬頭
人造水池，飼料，溼泥
牠緩緩邁出了一條膝痛的前腿
提起，就這樣凝住一個姿勢
孩子定睛看著飾櫃裡的塑料陸龜模型
我告訴她這是佐治，孤獨佐治。
我在幾百種動物模型之中選中牠
孩子問我為什麼對牠情有獨鍾？
我笑著答她：
我喜歡佐治的姿勢，佐治的名字。
最後一隻平塔島象龜
平塔島，加拉帕戈斯群島
太平洋厄瓜多爾外海，諸如此類。
世界上的雲彩漸漸餿掉
化雨落下，唯有日月交替如此恆定
各從其類的動物在穹蒼下攝食
交配，衰老，仰首或抬頭
呼氣，然後蒸發。
孤獨佐治之所以孤獨

或者不是因為牠無兒無伴
而僅僅是牠看雲彩看得厭倦了
我始終不理解佐治的孤獨
我只知道在牠死了以後
天際的雲彩消散如常
人間的垃圾繼續湧上群島的岸邊。

# 戰爭裡死去的人

在這場戰爭中
第一個死去的人是誰？
是某個國家的大公
還是交戰其中一方的士兵？
從哪棵赤松樹背後射出的子彈
擊中哪個農夫的小孩
他正在這個地方做什麼？
一隻松鼠慌張地逃走

如果他站立的位置偏移兩厘米
十五年後他會結婚、生孩子
半世紀過去了，他坐在火爐邊
向孫兒說一個驚險的故事
孫兒回答說
學校也教過這一段歷史

在這場戰爭中
最後一個死去的人是誰？
子彈在停火命令傳達後半秒發射
所以那個被打穿肺葉的人
算是死於戰後的和平時代嗎？
七十年後誤踏地雷的一個孩子
會褫奪他「最後死者」的身分嗎？

反正戰爭必然會結束

一百年後，所有活下來的人

終於會與他們的親人和仇敵重遇

只要人類和松鼠未絕種

那麼在遙遠未來的某個時候

就總會有這麼一個小孩

拿著媽媽給他的麵包

偷偷撕下一小片

分給那隻貪吃的松鼠

## 斟酌

終於活到看見滿桌的酒
都只願斟一點點淺嚐的年紀
反正是獨酌，醉或不醉
不過讓自言自語變得可有可無
這座城市早就沒有酒可以醉人了吧
尚有人飲酒如水、說話如夢囈
畢竟大家都提早衰老到
只記得醉酒時旋轉的星光
而天上早已無星

終有一日，我們會在遙遠的山崗
眺望大海的彼岸，像虔誠的朝拜者
帶淚跪向聖城的方向
終有一日我們要用兩鬢的落髮
像一群白化的烏鴉拼砌出白色地圖
香港，我還可以拾起什麼
去跟你的什麼乾杯？
空杯碰撞，而我們已經無法再醉
是盛世的你失去了夜
還是老去的我們處決了自己的心
午夜時分茶壺有煙
有人如舊用雙手輕輕烘著
像烘著多年前一杯暖酒
像烘著我們煙霧彌漫的青春

終有一日我們如父輩

在天上更遙遠的雲層裡

繼續看著每段人間的悲喜

一堆曾經被砌作成家園的碎石

一叢曾經被修剃乾淨的墓草

如今誰為這風景悲傷？

終有一日，某隻過路的松鼠

會醉倒於雨後的荷塘：「月色真美」

月色真美啊，牠在醉目裡

是一個年輕人，早上七時

抱住一疊在家裡印刷的傳單

踱步來回，昂著他剛剛酒醒的頭腦

叫滿街的遊魂相信明天。

## 上學

明日上課前
記得輸入正確的登入帳號和密碼

明早上學前
別忘了在校服上繡上孩子的血型

這天有幾個地方都宣布進入戰時狀態
大人都不再把「保護孩子」這句話掛在口邊

但是學業仍得持續進行
危危的石牆之間仍有一些新芽爭發

有考試在繼續，有家課即將到期
有戰車和醫療隊正在忙碌

有學校變成臨時醫院
有教師擎起槍枝

有孩子的父母為明天的早餐憂愁
有寒冷的風吹過地球表面

# 烏鴉

對於戰爭以及其他
我跟那些死去的留學生一樣
還有一些真心話想說
但是沒有說出口

若只被允許為遠方抱怨
我會投訴有蘑菇自牆縫長出
而你為受困水窪的蜻蜓據理力爭

春天完結
當呼喚和平變成了禁忌
是的，孩子
你們從字典中刪去過時的詞語

早晨我如常下樓檢查信箱
裡面空空如也
經過的老婦人對我說：
朋友，你在等待的是這些嗎？
過來這邊，看看天空？

不是，我只是在尋找我養的烏鴉

二十年祭

我至今仍然無法理解其意義
雖然大廈已經倒下多年
而其象徵人類文明崩壞的說法早已被引用到
成為典範，彷彿現代文明
就是那些鋼筋和水泥，而不是那些
人。

早上我在商場吃早餐
像二十年前我和母親在快餐店中
前面的人展讀的報紙
印刷著大樓方位空置出來的天空
和那些混雜人體的煙塵……
我從窗外看見對面高聳的鷹架和鋼條
新的大廈正在取代已被拆卸的
新的人即將取代舊的

我至今仍在學習理解這一切
商場環迴播放著鋼琴音樂
晨光照在溜冰場上
早起練習的女生自顧自地旋轉
手臂收合，轉速愈來愈高
而冰上的影子沒有移動
消化著早餐的上班族快步離開
蹺課的學生情侶在相擁
我想像泰倫斯・馬利克應該如何

拉長這個鏡頭，在什麼時候
抬起攝影機去捕捉離開城市的航班

人。我漸漸發現老去
不是因為年歲，而是因為不解的
流逝和堆疊，倒掉杯裡的茶渣
鋅盆裡隔夜的油光
它們將隨著水流通過一條長長的喉管
二十年是一個抽象的長度單位
我們可以用什麼去量度
這無法倒流的距離

所以說，世界從來沒有變得更好
也沒有更壞，而所有人
終將擁有各自的生死與疾病
即使世上所有的生命
到頭來都只能夠不求甚解
並且死得像一把灰。

我捧著冷掉的黑咖啡
聽著講者分享如何提倡正能量概念
如何推廣生命教育
我就想到種一棵小樹……
前日的閱讀課上我跟學生說
教室窗外的這棵樹

比你們更早落地生根，也必然會
比你們死得更遲
他們交換不解的眼色
對啊，這些年來我雖然老了
但是我自信終於學懂的
就是如何適時地擺出或隱藏
這一副表情。

# 八月日記

一

得知朋友們從各地回來
我趕緊致電逐個邀約
只是憂心找不到可以喝酒的地方

電話一接通
我就醒了
手肘的傷患又再劇痛起來

二

群組裡的東歐詩人被告知
當年來香港時聚腳的老酒家結業了
走過的爛路已經修復

她說最近有錢人都往國外買房子
怕俄軍打過去

「對了，你們的城市有變好嗎？」

# 三

接到短訊之際
手機同時彈出新聞通知
又是一場暴風雨的前奏嗎？

在再睡之前宜放一點鋼琴曲
我選了裸體歌舞no.1

# 四

這次的夢裡
連夢裡也沒有人要再回來

患處倒是漸漸不痛了

# 心經

遺忘之花正盛開如死人的腮腺
如痛苦之書，你翻開了就是失重
是煙、霧，是秋霖和腹疾
穿行肉身，先於月夜與西風

我們走向衰老
一場大夢從裡面翻挖
曝露青春的臟器
無氣乏血，穿堂的風停了
便眾竅皆虛

你斷斤秤著浮城的肋骨
試著砌回人的形狀
「差了什麼？」

千萬年前，上帝向泥人吹氣
一些無意的砂石隨風飛散
紅塵百劫，後來也就活成了眾生

**信仰**

到了後來才發現
無論是文學、科學
藝術和經濟學派、推銷保險
健康飲食、或者是
超市減價日的作戰攻略
考試前的補課──實體抑或線上
沖泡咖啡──加不加牛奶
見字飲水──用瓷杯還是不鏽鋼水瓶

都有宗教化的可能

雖然到了內戰的時候
就會到處都是摔碎的杯子
而戰後則到處都是牛奶
發酸的味道。

**冒失者**

他在唱歌時忘記了閉嘴
該死，他在跳舞時竟然不記得躺下
寫信時難道不知道要先削掉筆鋒？
教學時甚至任由揚聲器開著

太可怕了
這些冒失的人們在接到動員令時
也會不小心把它忽略掉嗎？

## 南朗山上的野豬

在海洋公園遊走時
剛好一隻自由的野豬闖進來
在停駛的過山車附近的草坡上吃野花
慢條斯理地咀嚼著
三個藍衣職員奉命抵達
看樣子像是在附近獸籠工作的動物護理員
也是如此不慌不忙
握住用以抓捕或驅趕的長臂鉗
輪流敲著樓梯旁邊曬得熱暖的鋼扶手
野豬也沒有受驚
只是慢慢地向下走去離開草坡
反正公園沒有很多遊客
離開北回歸線那麼遠的太陽也管不著
幾多朵花被吃掉的問題
三個職員有沒有追趕上去
野豬最終會被人道毀滅嗎？
沒有看下去的必要了
我也曾經在這個地方自由地走動
直至明年的太陽回來之前
那些野花也曾經自由地生長

# 度日

活了一輩子
照顧兒女到長大成人
是條前往心經簡林的路

帶著自閉兒子
他把山走到一半
終於在一輪烈日底下
坐低
像個苦行夠了的僧侶
就此歸去──

本來以為將這新聞寫成詩
是對悲劇的消費
直至我經歷與孩子穿過草原
且在酷熱中暈眩、頭痛
汗流如注、呼吸困難
竟也萌生「不如坐下」的欲念
我忽然懂了

有些詩是應該寫的
寫一首詩
如點一盞燈
點一盞燈
如讓人含住一口氣
多活一些時間

見證日落
以及走完那條山路

注：記一宗新聞，父親帶著獨自撫養的自閉兒子往
　　心經簡林遠足，中暑而死。兒子不懂求助，被
　　尋獲時說：「爸爸坐了下來，沒有理會我。」

# 限時

請問苦難如何限時移除
死亡如何限時告終？

尖叫如何限時安靜
怎樣叫血及時流乾？

如何把一面人皮鼓
敲成鬼門關開的背景音效

把侵襲城市的風暴
收進隨時破碎的搪瓷盆子？

終究不是一群人
終究不是一個夜晚

透視今朝的清拆令
透聽明夜的晚安歌

但是以後如何
若消抹思憶的時限比死更長？

終究不是宇宙裡的石頭
也不是人世間的塵埃

# 浪來了

浪來了
掏空了沿岸的建築
把裡面的所有傢俬和人體挖出來
湧進隧道和管道裡
直至把一切消磨成浪的花
然後浪來了

沒有浪以外的事物
就去挖那些原本存在的事物的證據
甚至是那些不甚準確的記憶
甚至是事物被拿掉之後的空洞都被掏空
直至浪來到後發現
只有「浪」

浪的形體被自己的鋒線逐寸噬食
一片一片地瓦解
直至消滅自己的存在意義
以及存在本身

沒有浪了
也沒有天地
至於彩虹
是後來才畫上去的
上帝看看四周笑著說
這次終於什麼都清空了：

仍有彩虹
但是沒有約定

# 馬蹄

## 一

每年中四
教到馬蹄的時候
總會不自覺地飛書
四五張投影片
花個二三十秒就足夠了
因為期考將近
因為是連著其他
開花植物的營養繁殖一起教的
因為正值潮溼的春困
而學生剛好對植物學興趣缺缺
也是因為教科書裡的馬蹄畫
還真的沒有什麼好看

## 二

每年春天
養分就被抽調出來
發芽，然後長出長長的葉子
如此馬蹄就不復存在了
變成了一片青綠色的風景
在池塘中有孩子
被暑夏的熱氣逼進涼爽的水中

當馬蹄不是馬蹄的時候
就是那些盛開的葉子
就是那些輕盈的孩子
這一切都不在新版教科書裡
為什麼呢

三

每年學生幾乎都問
這課題文憑試真的會考到嗎？
我總是回答：有機會的
多數是三四分的題目——
教他們如何拆題
如何按部就班
像青春應該怎樣度過
像剝一枚馬蹄、煮一道小炒

但是通常沒有如此幸運
世間的一切總是被輕輕錯過
認真鑽研了卻沒有遇上
忽略了誰卻會在毫無防備時襲來
我應該搶先告訴他們嗎？
不必了，剝開了是好、是壞
以後的日子他們會懂

# 四

每年我都提醒學生：
你們是等待破土而出的新綠
池塘是我們的，但終將是你們的
留意細節，如何拆題解題
抽絲剝繭，把重點逐點列舉
從仍有養分的地方吸收，讓新芽萌發
留意細節，留意無數
隱藏在泥土中的千瘡百孔
都是可供根鬚走趨的路
當夜幕降下時
保持呼吸，待到曙色初現
就要依靠熹微的日光
光解水分提取氫原子
固定空氣裡的二氧化碳
將這世界的瘴氣
轉化為你們自己生命裡的葡萄糖

## 偏愛

我偏愛這亂世
勝過我們的齊整
我偏愛吵雜
勝過我們的靜默
我偏愛小
勝過我們偉大
的豪言壯語
不及一篇寫九降風的詩
不及一次迂迴覓路
最後止步於西海岸的旅途

記得不知是誰說
遠望那頭
就是我們的家鄉
如今才明白
那不是一座海峽的距離
是一抹如煙的時間
我卻偏愛

從他們的未來回望我過去
偏愛從煙火裡擷取
永恆的提示
我偏愛那黑夜有薄霧
深海有鯨的消息

傳說時空之海
是世間現存的鯨的原鄉
我徒步到夢的海邊
在隔絕所有滋擾的風中
呼喚我的城市
我偏愛的那些島嶼，山海
以及仍然挺立著的人

我偏愛繼續守候著
直至見證最後的鯨魚安然回家
因為惟有我懂他的老淚
他懂我的哀傷

# 教育

圖書館主任簡介會
六七十人坐滿了演講廳
認真聆聽者：20%
閉目入神者：10%
使用手機的人：69%
四顧環伺者：我

說到底
不過是一群人
找個理由坐在一齊
等待太陽繞過建築物上方
等待自己的身體變老

我是唯一拿著書的那個
但是看人
確實比讀書更為有趣
別怪我啊
辛波絲卡女士
你的書再過一百年後還在
但是這房間裡的人
已經死掉

永恆的事物就留給上帝欣賞吧
窗外是炎熱的正午
投影機的光線異常炫目

這時講者的麥克風失了聲
在我右前方的那位教師
醒了
正在整理口罩

# 清明

所謂清明節就是
出世開始就有張祭祀清單
行程多年不變
九點青松觀、十點半和合石

長大後想紀念的名字變多了
一個個抄下去
名單上有些寫得潦草
有些則力透紙背
祭祀名單有時要裁短
有時又會在一夜之間駁長

長長的名單我們小心朗讀著
從耳清目明讀到唇乾舌燥
從朝早讀到暗夜
指尖觸及名字一個個煙消雲散

什麼時候讀到自己了
也就連著無窮無盡的名單
隨意化做一縷白煙

**復活**

偏鄉某村子傳出怪事：

村口那個孤獨死的老伯，在打包進殯儀館後，竟然一呼一吸地活過來了。

忤工趕忙打開裹屍袋：「這個我們不燒。」

兩星期後，一款由柳州某塑膠廠造的裹屍袋在網購通路上忽然火了。

據說是有網紅在直播時，哭著往裹屍袋塞進被過猛的陽光打死的小貓咪，袋子裡即傳出了獸的叫聲。

在「裹屍袋」這詞語還能被搜尋到的最後半天，來自某城市的訂單忽然急增。

幾個月後人們開始發現，城市裡的泥土和磚瓦，正在逐個方寸地不翼而飛。

# 多麼想告訴你⋯⋯

多麼想告訴你
我們早已無能為力
夜夜失語
甚至忘記呼吸

那些獨活太老的蜻蜓
懷著懊悔之卵無處安放
在旱季棲停
於每口枯井的嘆息之上

有人說誕生是奇蹟
其實死亡也是
「生而為人」
已經創造過一次奇蹟
至於其餘日子
是下次的鋪墊而已

且抱住轉軸壞掉的地球儀
等待日落餘暉
知道無數飛鳥與我同在
並相信亡靈之地比此際溫柔

在寫無可寫的土地
多麼想告訴未來的你
縱使狼狽，至少
我們活到今日，光明磊落

**無題**

為了吟誦這個人間
你需要付出的是什麼？

不是力氣，不是時間與自由
不是悲鳴和眼淚
而僅僅是這世界看著你的漠然
僅僅是詩歌不被朗誦
語言拒絕生出蔓藤
僅僅是詩歌無法引來陽光
你便白白地付出了所有

告訴我，下一篇詩歌
還值得被寫下嗎？

最後的綠洲正在乾涸
回答我

# 遷移

防風林 no.1

一個　一個
死掉　一個
一個　死掉
一個　一個
死掉　一個
一個　死掉
一個　一個
死掉　一個
一個　死掉
一個　一個
死掉　一個
一個　死掉
一個　一個
死掉　一個
一個　死掉
一個　一個
死掉　一個
一個　死掉
一個　一個
死掉　一個
一個　死掉
一個　一個
死掉　一個
一個　死掉
一個　一個

死掉　一個
一個　死掉

# 防風林 no.2

一個　一個
走掉　一個
一個　走掉
一個　一個
走掉　一個
一個　走掉
一個　一個
走掉　一個
一個　走掉
一個　一個
走掉　一個
一個　走掉
一個　一個
走掉　一個
一個　走掉
一個　一個
走掉　一個
一個　走掉
一個　一個
走掉　一個
一個　走掉
一個　一個
走掉　一個
一個　走掉
一個　一個

走掉　一個
一個　走掉

## 鎖匙卡

離開酒店房間
帶走了一張鎖匙卡
過了時限，已經失效
我告訴孩子
她當然不懂。
看起來不是一樣嗎？
但是裡面有一張晶片
記載著一組密碼
無人看見，上帝才知道
時候到了密碼就會被換掉
換掉了，就開不到門

那麼複雜她是聽不懂了
城市裡很多人正在把家門關上
最後一次

# 貓有九命

在巡遊的中段他突然脫離隊伍
是預知到即將面臨的危險？
是想到家裡那隻才出生沒幾日的貓肚餓了？

暴雨的徵兆尚未出現
陽光仍然放肆地擠著遊人的汗水
遠處是否有人中暑暈倒
手機的電差不多耗盡了嗎？
他突然就這樣走到隊伍的一側
沒有聲張而是悄悄離開

（聽說動物在意識到自己時日無多時
會尋找一個幽閉寧謐的暗處
然後在那裡度過最後的幾個小時
可是在保加利亞時我曾在烈日當空的古城裡
遇上一隻橫陳石階的死貓
牠以地獄的雙眼一直睥睨著我
直至如今）

他就這樣突然離開了
往後下落不明
沒有人知道他去過哪裡
或者仍有更宏大的夢想要追尋？
或者是情人的生日讓他必須趕去買
城裡的最後一支玫瑰？

誰知道呢
誰知道呢
貓有九命，誰知道呢——

# 假裝

假裝有人期待
才想到要寫一封家書
為了保存記憶
為了記住數不清的
在他人眼中瑣碎的仇恨和愛

假裝有人會讀
所以催逼自己寫下去
為了向白紙坦承自己的懦弱
向世界和盤托出
一切無法讓人理解的言語

唯有假裝健康
假裝仍然能夠書寫
以及明白他人的悲痛
假裝自己尚有餘裕
去保有對世界的熱情
如此才能繼續讓自己看起來
沒那麼陰沉、
或沒那麼膚淺

好吧，那麼就假裝有人在場
聽我讀一首詩
一首永無休止的詩
我在朗誦我的詩同時在創造

我心目中的世界
我假裝我仍然能夠想像它的模樣
它離我尚未遠

就以這首永遠不會寫出來的詩
去假裝我知道如何生活
如何保持萬物的秩序
在應該離開時，如何安息。

# 必要

寫遺書之必要

祈禱之必要

每日起床時尋找太陽之必要

聽德弗扎克之必要

儲備汽水瓶、酒精與打火機之必要

與親友道別之必要

若來年我們還有一個故事要說

在煙霧迷茫的廣夏間

還可以憑什麼記認彼此

不，到了那個時候

不如倆忘於人海

遺書焚過了

合上雙眼之必要

像雲若不成雨

終究也會在天空裡化開

# 施捷潘奈克特

在和平的時代
我們是我們的山
是我們的祖輩和兒孫
是我們的族人和我們的語言
是我們的首都、邊陲
學校和長眠之地

戰爭來了
我們什麼都不是
我們是我們的逃難者
是我們的遺民
離開納戈爾諾──卡拉巴赫
離開祖輩和兒孫
帶著教堂、學校和墓園
像行李一樣帶著那些山丘離開

# 自省

非得要悲傷的領航鯨潛回滄海
你才敢去承認一個盛世已經結束？

非得要子嗣來還回你的胸骨
重新拼出那被荒棄的土地
你才願意看見井裡已經空無一物？

是的，心早已停止跳動
骨骼仍高懸著像一座城鎮等待風化

你是冬季遍野的草莓
而世界是泥濘，自孤絕的春天
延伸出一條腐敗的死路

非得要讓鐘錶內部的齒輪
代替我們的心繼續運作

你才足以在半夜兩點半醒來
把一身冷汗抹乾
抹到讓自己也完全蒸發掉為止？

悼詞——給幾位先行的詩人們

同時代人一個個變成了前時代人
蝸牛一隻隻爬上了紀念碑

什麼時候我們也會變成蝸牛
或者變成紀念碑

或者在天上做那些
終於可以因為詩歌而感到快樂的人

或者寫自己成荒草間
鐫刻在不起眼的墓石上的那篇銘文

## 普羅夫迪夫記憶

數來已是將近十年前的舊事
那日在普羅夫迪夫街頭
一個陌生的國度裡，日光正好
踏盡了鵝卵石斜路
尋進一場開在鬧區二樓的展覽
裡面竟有香港的藝術照片
詩歌舞街在黑夜光影中
彷彿預視著未來的場場大火
如何說好香港的故事？
我們站到樹蔭下，六月的色雷斯
街上兒童笑問我們從何處來
長著的兩張亞裔的臉
可謂罕見，雖然不遠處就是一間
名字叫做熊貓的中式快餐店
在保加利亞，我們吃得最多的
還是西餐，卻已經忘記吃了什麼
我們在旁邊的可麗餅店買一份甜點
塞在特別剪裁的卡紙殼中
乍一看，竟是熟悉不過的繁體字：
吸煙可以致癌
大抵是印刷煙盒的卡紙產量過剩
就出口到東歐加工成其他製物
去說好香港故事吧，反正繁體字
在普羅夫迪夫的那群孩子眼中不是什麼
輾轉回到了我滲汗的手中
又可以是什麼。

## 我的俄羅斯朋友⋯⋯

我的俄羅斯朋友
在Instagram貼出「不要戰爭」的標語
我們攀談幾句之後
沒有聯絡不覺已經半年

這半年來我偶然會想起她
想起彼此分享過的悲傷和憤怒
和沒有談論過的黑夜與流星

我偶爾會可憐她無法暢所欲言
偶爾好奇她會否同樣可憐我
可憐我的欲語還休

戰爭從冬天打到另一個冬天
母語的寒蟬死而未僵
我們還來不及解凍
就再次被封藏到各自的冰霜裡去

我的俄羅斯朋友來過香港
吃過綠豆沙（她受不了臭草的味道）
我也去過她居住的聖彼得堡
嚐過瓶裝克瓦斯（我一喝就愛上）
那時候烽煙尚未彌漫
城市裡的年輕人尚未出逃

那時候我們談論過克里米亞
我婉轉地表達自己的想法
我們交談愉快而不需要共識
如今我們對很多事情終於有了共識
但是不再快樂

我的俄羅斯朋友
她長得很漂亮
她從事藝術攝影，不寫詩

## 國葬

晚飯時在看國葬直播
孩子不耐煩
問我可否加速或者跳轉
我費盡唇舌解釋
什麼叫做直播：
就像你用一副望遠鏡
看著遠方的人在哭
如何可以跳過這章節？
讓那些夾道歡送的人
一夜衰變，或者讓那些
接受訪問的老者
在吃力地回憶往日
並勉強地吐出幾個詞語後
就逐個消失於鏡頭前？
在看著靈車加速的同時
我們也正在奔向某個光點吧
「倒帶再看一次可以嗎」
對啊，的確可以
這次乾脆用兩倍速快播
螢幕裡的人又回到了軌道上
把來時路再走一遍
這次走得更快
看起來搖搖擺擺的
像一群企鵝橫越冰原
或說人間──孩子定睛看著
吃吃地笑開來了。

# 波將金階梯

把堅果還給樹
是夜鶯畢生最大的願望

譬如離開教堂時的夜明燈光
航道以外，時間崩瀉

只有鳥敢於飛出去
也敢於飛回來

敖德薩在一個死者的瞳孔中發光

# 之行

願燈光熄滅以前
我們記得岩壁上的圖騰

願坦克駛上大街時
我們已經把所有路牌拆掉

是的，或者黑夜悠長
但我們記住了路

或者明日以後散落天涯
寫比呼吸艱難

我們終必在盛世裡
辱罵真理、歌頌錯誤

終必為一個被凌遲的字
刻鑿無字之碑

是的，或者黑夜比想像廣闊
比一生漫長

惟願記住，重建之路永在
我們足下的沙與泥

## 山景邨

自小對輕鐵站名倒背如流
老師問：大家的夢想是什麼？
眾人喧嚷，而你一直垂頭
腦際傳來輕鐵進站時的風聲
冷冽海風迎面你就抬望
灰黃色的尖塔建築群刺醒你
不要被馬路上的圖騰騙倒
畢竟是盛產女巫的城市
連街景也魅惑人心，你暗忖
跨過路上新鋪的電車軌
像當年買餸後，媽媽牽你的手
回家。1004號列車停泊在站
準備進行試車典禮那時
是爸爸的友人告知
就齊齊引頸盼望，騎著膊馬
還嫌看得不夠清楚──
農曆新年，開門是表兄一家
電視裡煙花開得燦爛
表兄笑指就算重播舊年你也不知
席間姨丈投訴Y型的樓宇設計
在升降機大堂裡方向難辨
來到之後，我們應該走哪個方向？
回歸前夕與他們一家的聯絡
改為接收不良的長途電話
從父母口中得知倫敦的雨雪

和唐人街的炮仗聲
偶爾有所抱怨，城裡沒有高山
也無海岸，只有無數公園
和松鼠。山景在遠
心境也只得慢慢融入
唯有風笛聲從雨夜的直播畫面
一直潛伏到傍晚的王子街上
浪遊的蘇格蘭青年隨身。
家人來電探問最近的疫情
是否轉嚴重了？著你盡快打疫苗
你手挽一星期份量豬肉和蕃茄
表現得若無其事
才知道屋邨的商場最近翻新
套用了歐陸火車站風格裝模作樣
輕鐵在商場下穿行的日子
你揹著大書包闖樓梯
摔過多少次？說好一家人火車旅行
你說探路累了就會回家
卻暗知所謂的家早已碎散
回到長街上一排相依的磚房子
低頭從大衣口袋掏出鎖匙
恍惚間聽老師再喚你名字：抬頭吧
讓我看見，來記住你的臉
你一如平時木訥，同學重又喧鬧
那時班房裡尚未有人知悉

老師的綠卡剛剛獲批
將與你的數學老師一起
帶著他們兩個讀幼稚園的孩子移民。

## 在線對話

我借助谷歌翻譯
翻譯了朋友的詩傳給他
他說谷歌翻譯是一個笑話
我說正是笑話才讓我們活得下去

他沒有回傳訊息給我
我和家人外出吃晚飯買日用品
再問他翻譯效果如何
他著我稍等一下
因為外面槍聲此起彼落
「已經二十多響」

讓孩子睡著了
我煮即食麵作宵夜
讀了關於緬甸詩歌的副刊文章
臨睡前問他現在安全了沒有

今日中午他告訴我
醫院被襲擊了，軍隊進駐
似乎一場空襲隨時發生
（由誰發動？他問）
然後他說，怎樣也好
讓我來看看這首詩翻譯成怎樣吧
等我半個小時。

我正在忙著開校務會議
關於幾場精彩可期的學生講座
疫情關係，都在線上舉行。

**Chris Wong**

Chris Wong 畢業了
他在校時的傳奇事蹟
不會再有老師向師弟妹提起

聽說他讀大學了
不知道是讀教育、讀歷史
讀科學還是讀政治？

然而趕不及把書讀完
他連夜匆匆飛離了城市
誰都打探不到原因或去了哪裡

反正 Chris Wong 消失了
以後的人連他的名字都沒有聽聞
但是都聽過綠袖子

Chris Wong 在所有的時差裡
也正在聽著綠袖子嗎？
等待悠長的音樂完結鐘聲響起

那是否歸家的訊號？
某年某夕，或者
他和他的孩子們早已經忘記

我們的 Chris Wong

還有一心和允行，在這塵土飛揚的夜裡

願彼此安好、珍重

聽過綠袖子的人

有幾多懂得

夜夜都有失眠的人在輕唱：

Ah, Greensleeves, now farewell, adieu

To God I pray to prosper thee

For I am still thy lover true

Come once again and love me

Greensleeves was all my joy

Greensleeves was my delight

Greensleeves was my heart of gold

And who but my lady greensleeves......

注：綠袖子（Greensleeves）的旋律我們耳熟能詳，
　　歌詞卻未必人人知道，詩中引用的正是歌詞的
　　最後一段，實在迴腸蕩氣。

# 軒尼詩道

## 一

世上沒有一條馬路比這裡更熱鬧
也更冷清了

熱鬧不是因為人多
而是因為走路的人無比憤怒

冷清也不是因為人少
而是匆匆離席的人也順手牽走了
這城市的華美與悲哀

## 二

還記得那個傍晚
幾百人堵在循道衛理堂外的馬路
像無數盞長亮的紅燈
那時候司機仍然遵守交通規則
除了不耐煩的響號
就什麼事情都沒有發生

後來在某一個時空裡
那裡成為了收集站
大量物品蜂擁而至

後來它們有沒有被浪費掉
後來人們有沒有被浪費掉？

每次我走過同一個街口
那響號就總是在耳邊縈迴不去

## 三

官立小學創校時種植的大葉榕
被一場風災吹倒了
學校捨不得
把斷木送去新界東北的木廠
改造成裡面有個方形空洞的椅子

東北的木廠也快要被吹倒了
那些捨不得的人
會被打包送去什麼地方
然後被那些從城裡來的人
改造成什麼樣子呢？

## 四

同德大押拆卸了
後來的人大概不會記得

這段路往時不用開遮就能走過
也不會看得懂「押」這個字

所謂典當就是
把珍貴的家傳之寶高高舉起
去換一些應急錢

日光正烈
我看見軒尼斯道上的行人
把他們的遮高高舉起
在來日的橫風暴雨將它們收走以後
不知道能兌換到多少枚
為這城市續命的銅板？

# 五

救世軍施食廠搭建於1938年
就是現在軒尼詩道官立小學的位置
一所簡單的棚屋
義工用牛肝粥和牛奶
還有識字班
在戰爭時期養大了無數孩子

要是那些孩子健康成長
加上一點好運氣的話
大概五十年代結婚生小孩
孫子女出生在八十年代

我也是八十年代出生的
孩子年滿三歲了
在救世軍旗下的一所幼稚園讀書
在這些病毒肆虐的日子裡
透過電腦的視像畫面
繼續學習生字、唱兒歌

# 六

貝拉・悉尼・吳爾芙
就是那個作家吳爾芙丈夫的姐姐
本人也是一位兒童書作家
第二次婚姻嫁給後來的香港輔政司
除了壯大女童軍
以及牽線讓救世軍進駐以外
為了讓兒童「在陽光下自由奔跑」
在灣仔籌建了一座球場
並以他的丈夫命名

她大概沒有想到的是
在後來暗無天日的時代裡
仍有人為了追尋陽光而繼續奔跑
一些人從童年跑到老死
讓新一代接力跑下去
將近一百年了
在球場和外面的馬路上
吶喊聲依舊沸沸揚揚

## 七

岑光樾這位校長
記得他的人不多了
成達中學關了門以後
還有誰認得灣仔的舊模樣？

偶然讀到他的學生在臉書上發帖
自述已是年逾八十的耆耋
移居加州經年
正懷念當年的校歌
可惜業已印象模糊無法重唱

一生人只能經歷一次甲子循環
居士辭世六十年了

還記得他誦讀過的詩經裡
風雨如晦——
下句接的是什麼？

六十年來風雨吹遍這城的角落
早已把時代吹散了嗎？
軒尼詩道上曾經有一群學生如此清唱：
雞鳴不已
凌風霜

即使雄雞宰盡，天地無明
只要有一棵桑樹在狂瀾中仍未倒下
就必然有禽鳥的英靈堅決翹首
請為牠找回聲帶
讓牠呼喚太陽

相信有夢
也相信有黎明

八

在某次橫過馬路的時候
我與自己碰面了

我與一身黑衣的自己照面
我與白衣的自己照面

我與更年輕時一臉陽光的自己照面
只有我認得他

我無法確定是否遇上過未來的自己
黃昏的軒尼詩道上
偶爾有中年人或老者向我點頭

有人似乎想告訴我些什麼
似乎沒有

名字

喀布爾的母親把嬰孩舉給圍牆上的美軍
從此孩子就是美國的子弟了

喀布爾的母親把嬰孩遞給鐵絲網外的英軍
從此孩子就是英國的難民了

從此母親和孩子說不同的語言
五十年後母親不會知道孩子的名字
五十年後孩子不會知道自己的名字

神只是命令巴別塔倒下
將其踩得粉碎炸做飛灰的不是他，他攤開兩手
「真的不是。」

## 喀布爾

花火降下，清真寺內的手腳點算好
編了號碼準備逐條運走
一輛沒有車牌的小貨車泊在路邊
有人出來，進便利店買菸
我們仍然為一個國家的命運爭論不休
因為瓜果失收，國界變得游移不定
另外有人不斷回望水車的方位
另外有人把綠色的布捲上孩子的身體
海水漸漸退了，把船擱下的人
仰看星星。我們仍然有哭泣的理由
用這些理由換取食物和道路
另一些人選擇不換
花火降下，在重力中變化著形態
有時比我們更加像人，向時空打暗號
喚拜塔下一隻吠向黃昏的狗
飛到廣場上啜水的鳥寶藍色的眼珠
我們徬徨地竄入床鋪
把被單蓋到眼眉左右的高度
其時五官在星星的位置俯瞰地球

# 巴別

## 一

對於我們
秋天早已完成
早於象徵結束的儀式

當閃電劈向大樹
稍一恍神
就不知道此身為樹、抑或為閃電

所有火車即將駛向
時代的終站
午夜時分，雷暴匿在行李箱中低泣

一隻知更鳥銜著燃燒的枝條
用牠的死
祭祀比牠死得更早的眾神

是謊言、詭詐
是遍野的鴟鴞與豺狼
殘陽如血，我們的秋天早已完成

二

夜空無際，唯有流星畫圖
我們的命運是否
早就被這沉默不語的宇宙洞悉？

或者所謂世界
不過是一隻不自量力的蟋蟀
在每一個生還者的頭上跳來跳去

我們披星戴月，就自以為穿越時間
然而每到黃昏的鐘聲響起
就足以把我們打回去這副軀體裡

然後是沼澤抑或深淵
誰涉水而行，誰就失去家園
篝火熄滅一千年
此處可會變成鬧市中的遺跡

離開冰河時代的火車到站之時
車上已經輪轉了多少代人

# 三

時候到了就得離開故園
像重洋遠渡的候鳥
有時只為寂寞，無關避冬

有時逆風飛向大漠
最終以結冰之姿從高空下墜

有時向著歲歲枯榮的原上草
在古道與荒城之間
待到陽光回來時
候鳥的亡靈才安靜地降落

是否比人類更懂得生死的法則？
候鳥留駐人間的日子
悠長不過飛越森林和江海

也許生死只是過渡
牠真正的目的地在宇宙之外
在那個地方，眾神正在化妝準備登台

# 四

我們重回昏暗的石室
戴著口罩的兒童出來迎接

你會向他們唱一首童謠嗎
以行軍歌的激昂
還是葬歌的憂傷？

口袋裡最後一根未擦的火柴因為潮溼
你只得用無人聽懂的語言
向孩子述說火的輝煌

私藏的黃金腕錶依然漂亮
可惜除了重量之外
無法佐證在我們身上流逝過的歲月

那些失去的時間已經埋入髮膚
讓我們的臉孔如同兒時在鬼節戴過的面具
我以為孩子會問我們從何處而來
但是沒有，他們只是以憐憫的眼光看著我們哭

# 五

「一滴雨水從高空墜落
擊向某顆石頭
廢墟中一頭野狼繞過
一排被風蝕成骨的廊柱」

你說這就是我們的城市
一萬年前，還是一百年後？

尋找流星的人終於瞑目於暗夜
夢見大海的孩子們
又是否能夠活到洪水來臨之日？

我們只能想像歡騰的畫面
眾人築起美麗的花壇並且載歌載舞
有人高聲朗誦古老的詩歌
等待洪水捲及世上最後的城邦

等待人間滅絕——
野狼踏在石頭上，雨開始降下。

# 六

彗星下次回歸的時候
人間已倒下多少座巴別塔
又埋下了多少塊羅塞塔石碑

秋天未到，蟬已緘默
黑夜在幾分鐘之間消失
通宵寫詩的人把疲倦的房燈關掉

昨晚只有街外的車聲
只有樓上傳來拉椅子的聲音
門鈴和門鏈安靜，也沒有更夜捉人

朋友們散落在所有時差裡
時候尚早，他們或者未醒來
或者仍未睡去

今日又到七夕
人間的銀河可會被短暫縫合
終有一日，慈悲的神可會容許巴別塔建成？

# 七

האלה המ?

อะไรต่อไป?

كيينكسى نيمه؟

que segueix?

ինչ է hաջորդը?

무엇 향후 계획?

шта је следеће?

що далі?

რა არის შემდეგი?

што далей?

နောက်တစ်ခုကဘာလဲ?

ç'pritet më tej?

што е следно?

paşê çi ye?


kio sekvas?

# 寫在 Khet Thi 死後

編輯著我為緬甸寫詩
此前我已經寫下好幾首
也就義不容辭答允了

可是一個月時限已過
我寫了散文和小說
還有幾首鎖在記憶體裡的詩

每一篇都是關於
對各種遺忘與麻木的抵抗
卻寫不出下一首關於緬甸的詩

我在緬甸的朋友
給我交換過激昂和怒火
並在網上寫滿讓人悲痛的詩行

我們依靠翻譯軟件理解對方
後來冷靜下來，默默地
為彼此每一座記憶的浮島點讚

我們記得 1988 也記得其後
這時都必須注意
各自的門窗和舌頭

如何書寫下去？下一首詩
非關公理和正義
而僅僅是身為人應該如何生存

及至死亡：詩人被嚴刑至死
或餓死在滿地帳幕的曠地
活著的人如何是好？

在命運虐打一個詩人的時候
到底是想要從他的身上
拷問出什麼祕密？

哪個詞語違背了遺忘？
哪個詩行反對了麻木？

我們記得 2018 也記得其後
在一個人倒下之後
是不是該有一首詩站起來走下去

在一本書被焚燒以後
是不是有一個早晨即將到來
讓一隻甦醒的水鳥起飛，越過山嶺

## 明天的詩——致Zeyar Lynn

先睡吧，明天我們一起寫詩
寫什麼好呢？寫那架運送
殘缺不全肢體的單車？寫那些
隨時被翻倒的餐廳椅子？
寫那幾個被囚禁的名字如寫幾首
被翻譯得亂七八糟的愛情詩？

我說，一首清朝的舊詩提到
亂世中的詩人是幸運的
賦到滄桑句便工——
但你說「我寧願做一個失敗的詩人
所以國家不再需要我」

既然夜了，去睡吧
有時發現自己在夢中比現實
更清醒，但沒有痛楚
走在街上人們全都沒有臉孔
我不知道這樣的城市漫遊有沒有
盡時，醒來天色總是未明

明天我們一起寫詩嗎？
補完那夜未開始下筆的句子
八年來這殘損老化的地軸
有稍微偏移了一點嗎？
我們寫過的詩輕飄飄的

所以若地球出了奇難雜症
煩請不要怪責我們的詩
要怪就怪這偏執的宇宙，時間
為什麼不肯倒流

## 香花徑上

途人輪流除口罩
半遮面
大力呼吸

群鳥回首
在島嶼北的天際
大廈與閩僑中學逼狹處
有陽光涉入

我將口罩除了又戴
路邊有貓望住我
然後繼續舔牠的手臂
香稻啄餘
互不瞅睬

道路阻且長
並不適用於此城
要留要走
上山落山區區幾百步
太簡單
雨季花正開
青苔怎麼仍在

青苔怎麼仍在
許多可愛的人早已走了

人活下去先至要選擇

回首了
跟住呢
各自珍重
各自珍重，好冇

## 途上

有人說：投降吧
向時間投降以一把灰髮
向閃電投降以我昏花的雙眼
還是向記憶投降
以逐夜碎落的夢境？

回頭的時候
時間線上卻是無數自己的殘影
在窒息的黑暗和靜默中
抱著時代的痛楚匍匐前行

難道可以狠心地向那些自己說
投降吧，因為我終於累了
因為已經失去了太多？

我把手輕輕垂下
其中一個我迅即如泥偶遇風崩塌
只閉目一刻
睜開眼時殘影卻見疏落了許多

我呢，我呢？
我向時間線上的我們吶喊
已經不再密密麻麻，不再擁擠
沒有一個抬頭或應答
殘影們繼續前進的步伐

我聽見遠方的嘲笑聲：你看看你

我看看我們。是的，
每一個我看來都如此無能為力
曾經在我左右擦身的人群
豈非同樣？
時間線早已錯開
向赤地的四面八方延伸
像童年時的一握遊戲竹籤
像夜海裡某束發散的探射燈光

我感覺到自己的蛻皮
滯留之物漸漸長成一具行走的殘影
而我──夾著一些恐嚇和嘲笑
不知不覺間，鬢已星星也

便離開了一地好夢的破碎
走向下一回合
時間、閃電和記憶正在前方等待
明知終須一戰且我必敗
我去、我看見、
並為預知我們的結局如何
而感到坦然，雖然
亦不無遺憾。

# 離散

有人思考玻璃的透明度
有人測量文字顫抖的速率
我看見那些進入大樹根鬚的水
為它們何時離開樹葉而沉吟

島上的風暴已經移籍到外海
有人用鑷子把孔雀的羽毛一一鉗起
收進蓋滿了過期印章的護照裡
是最後的日子了，你說
點起香煙，燒到一半之後
在玻璃的背面繼續寫你未寫的字

鐐銬扣住一百年前死去的鸛鳥
我不敢告訴任何人的是
每夜四時，牠就會為我預言
下一個晨曦的美麗與荒涼

起舞吧，眾神
記憶會領你們穿越宇宙的狂風
多少星宿因為日月歲差把你們忘記
我還是記得上漲的死亡之岸
特朗斯特羅默先生，你終於可以
讓我們聽見藏在你心中多年的和弦
一艘貢多拉剪開水道
一顆終將把威尼斯徹底毀滅的隕石

「你知道的，我只能書寫威尼斯」
「我知道，我又知道你苦味的舌尖
殘留什麼毒物」

我的夢如此對我說
像一顆羣傘燦爛的藍蘑菇
在猙獰著一棵次等玻璃鍛造的大樹
在行將乾涸的河道如病入膏肓的血管之間

我可以提前書寫末日的早餐茶嗎？
鎮夜抖動的鐐銬與鐵索……
親愛的曼德爾施塔姆紳士
你還是先倒掉太陽裡的魚肝油吧
你的城市早就變成隨處碎裂的玻璃
而彌留的眾神早已屏息靜候。
我已經開始聽見四壁之外的敲鑿
感謝你，來豎起你野兔一樣的耳朵
我們何妨趁著1812的轟炸尚暖
把那些用以洗白記憶的雪水一併嚥下。

## 湯圓

中秋節後
買了很多湯圓
「香港製造
促銷大減價」

買回來一直塞在雪櫃
今夜外出閒遊
孩子看見折半的月亮
九月初九
我才記起那些湯圓

煮出來總是糊掉
將就著仍是吃了下去
裹腹也好
解饞也罷
湯圓就是湯圓

這幾年來
誰不是如此呢
以後的歲月悠悠
每逢佳節
我們各自望明月
煮湯圓

## 胰蛋白酶化

當年做細胞實驗
（我養過大鼠心肌細胞、
小鼠脂肪細胞、
猴腎細胞、人類子宮頸癌細胞等）
需要轉移他們到新瓶子時
通常會用到胰蛋白酶
倒一點進去，等一會兒
在瓶子邊緣輕拍幾下：走吧
他們就會縮起來
從躺平的樣子變回一顆顆小球體
然後就是隨波逐流
被分裝到幾個新的瓶子裡

像那些認識的朋友們
他們把黏住平面的部分一寸寸抽起
直至某刻不知被誰輕輕一拍
就還原成一個個球體——
走吧，就此離開無法重用的舊培養瓶

# 漂變

**向晚**

很久沒有談過詩了
就著詩裡用山指甲和太妃糖兩個意象
思慮良久，關於字詞的質感
可能引發讀者產生意料之外的聯想
和通感，諸如此類

我常常遭遇這種事
被想像和理解成一個虛構的人
寫了很多我沒有寫過的詩
雖然那看起來確實是我寫的
譬如我也同樣聽著冷言冷語成長
寫一些我堅持是好的壞詩
以及我認定是壞的好詩

我害怕讓對方把我當成導師
我幾乎不想對他人的書寫造成影響
但是既有詩在，能閉口不談嗎？
為什麼要迎合世上無數的惡意去活
又過一年，我們有人離去
有人開始，我們為什麼不寫

不止一次我說：
你的疑惑我沒有答案
我走過的路很少
還未有一條通向全然的陌生

讀布萊希特、杜甫
還有也斯和阿波利奈爾
我們在圖書館中隨便搜尋
一首首在這裡從來未被閱讀過的詩

很久沒有談過詩
我也很久沒有朗誦過里爾克的秋日
北島翻譯的版本始終叫我震撼
「誰此時孤獨，就永遠孤獨」
我覺得這就是詩了
不是愛情、親情、生死、社會詩
而僅僅是我們一直在尋找的詩
里爾克寫了，我們可以寫什麼呢？
去寫那些他沒有寫過的就好

在不可以寫詩的時代
在不被允許寫詩的年齡裡
我們順手拈花
什麼都來寫一寫就好

# 醒來──寫給立陶宛

醒來

而萬籟都在等待

三個戴面具的人走過馬路

小船進入狹窄的支流

有誰會現身

有誰會消聲匿跡？

一匹染布在黎明的風中

暗藍漸漸散去

我開始聽見聲音

時間是

拓印在布上的古老文字

戴面具的人在路上

一人握住火

一人握住晨風

還有一人

他扛著一面三色的旗幟

醒來吧

這是你的城市了

是你的國家

醒來啊

你從廢墟中站起來

太陽在升起時熔化成血水

我看著雲彩虛偽地哀悼

當港口蛻皮

有那麼一瞬間被閃現的靈魂嚇倒

如此龐大、深沉
埋在維爾紐斯的底層
像一個勞動的巨人
在暗房中推著他的石磨
是的，我終於聽見風說話
當它拍打命運的船身
向前、向前
我們向永恆揮舞旗幟
像一句沒有回應的暗語
落葉在宇宙間旋轉
黑暗與光明迅速交換能量
你醒來了沒有
明日我們需要新的海圖
你聽見風向
眾神開路：
三個戴面具的人
在霧裡消失了
海裡消失了
在晨光裡我們醒來
代替他們走下去
去鬧醒這個早晨
來啊，立竿此其時
這是你的土地
你的時間
你的心

## 尾聲

戰爭到了尾聲
死亡才正式開始
那些停屍間裡的組織得不到養分
結構開始瓦解
（若不是過早地焚燒
或被海洋中游過的魚噬食
或粗暴地壓碎）
首先是眼球還是視覺
是痛覺還是逸到皮膚上的紫斑


「戰爭的內核是悲傷」


當戰火無以為繼
未及破碎的燈永遠等不到敲碎它的人
在交界
我立足之地正在離析
車行而引擎如泣
又一個春天的木棉花提早夭謝
花葉相見，控制時序的基因成苦疾
遺傳15%的恨，5%的愛，80%的虛無。


戰爭到了尾聲
有人的頭髮未及轉黑
機票就已逾期不候
我種了一片橙樹林在我們的星球上

但因為太遙遠所以花自飄零

喪鐘誤鳴，解凍微波爐晚餐之必要

維修暖氣管道之必要

借用開信刀，或者讀詩

踢向鏡子，質問自己

這是結算的時候了

未及深交的人可能會莫名其妙地現身

葬禮，或另一場抗爭

或另一場你不在的葬禮。


僅此而已

當戰爭來到了尾聲

我們冷靜地把氫氣球的繩子逐一割斷

逐一割斷

逐一割斷

## 還有一夜

剝落的海浪
像焚燒到失落的願望的日曆
但是我們不懂
雪國的意義和簽名

不然你還擁有什麼
悲傷的入口
大門的彼方是雪峰
還是月明的岸邊
審訊沒完沒了
但海浪不是

海浪不是
海浪以南的石頭也不是。
一間廢棄的灰磚屋、雲、誤植的字
一台失去主人的收音機
以及砒霜
不是
　　那些
石頭，每一顆都在哭
但你聽不見
攀緣的植物與鬧鐘
深夜，一個還沒有放棄的中年婦女
攬住她的落葉樹
一把爐灰

和壞掉的聽診器

不要翻開高壓電纜下的電話簿了
日子已經一片片落下
冬天來了，而你還以為
象牙的重量可以象徵月亮

早產、葡萄藤和
失望的清晨。
就讓我們把竹林裡的許願紙
一張張拆掉
甚至撕下衣襟
一顆石頭在變成磨刀石之前
還是有成為過眼睛的心願

後來就是
裙擺上的蜘蛛
像人間的詞語萎縮之後
我們還有最後一條
黑色的路。

# 年終曲

年復一年我們無助地老去
死掉、或僅僅是逐寸失去人的模樣
來吧，一年到晚了
我們戮力擦亮最後一根花火然後
讓它漫天璀璨——
即使無法理解那些剝落與拾得
若果有神，寧願他永遠閉目
永遠別過臉去，不留半分慈悲
寧願他任得這世界崩塌
像無數永遠沉下深海的城邦
和陪葬的人：青年男女、壯漢、
婦女、外邦囚徒、小孩和老人
祭司說：我們同死，殉葬給這天地
這永恆的山脈、這無名的花——
年復一年我始終無法理解
他的一隻眼睛為什麼總是睜開
他的食指為什麼指向蒼天
暴雨與雷電之上有什麼？
地震與洪水之下是什麼？
然而我們連誕生之後與死亡以前的事情
也一竅不通
我們畢生膜拜箴言與記憶
相信明日和真相
在夢的邊陲跳舞唱歌，招昨日之魂
我們是誰，曾經有誰

寄住在我們的軀體之內
誰是這永恆之城的守城人，企在
更樓風雪中吹響絕望的號角？
當神拉著大衣衣領走過自己的遺跡
羅馬柱一支挨著一支傾軋
他是否同樣不解這一切
若他必須為自己創造身體
這不朽之身裡，洪荒之河的流域
是否正在滋生出新的蜉蝣？
這些蜉蝣是否一如我們
終身詰問神的存在，以及苦難、
以及這萬物逆旅是如何更替成廢墟？
年終之日了，讓我們的靈魂粉身碎骨
祈禱歲月會重組我們
以神的形象，時間是樹
終究會開花結果
在最深的冬季
將世上的空氣凝聚成新一圈年輪
終究會讓枝葉浮於海
讓花回到神的手裡
來吧讓我們記住物競天擇
記住所有愧疚與哀戚
為此讓我們沿著赤地的石頭逐顆敲鑿
直至敲出鮮血或者花蜜
神說：我就是荊棘中的火

我就是龐貝

然而我也是老舊電器鋪裡

一千台播放著同一畫面的電視機

我也是黑夜的廢墟

是霧雨中伽藍傳出的木魚聲

是你們那失去的一顆眼睛

也是那無法閉上的另一顆眼睛

我就是你的老去，也是你的失敗

就像那棵時間之樹

我從劇痛中生出了嫩芽

我也是把它打落的那一根雨箭

你是誰，我是誰，我們

就是誰──

我就是龐貝，你的靈魂既埋在岩石裡

也是那埋葬的岩石本身

讓我們成為花火吧

在這失去的一年將盡之際

讓萬物回歸洪荒，連箴言與記憶

都還給他的食指所示的方向

那不是天堂、不是地獄

一片花瓣將溶於水中

若探身向沉默的鏡裡觀照

那是神以同我一樣不解的眼神

看著我尚能睜開並堅持睜開的一隻眼睛

並且觸碰彼此的指尖，微笑。

# 保證

我可以保證
下一代更聰明
知道如何揭開大鐘立面
打掃積塵
並把齒輪逐顆剝出
矯正結構，充填滑液
旋緊埋於暗處
那些總是被忽視
但至關重要的螺絲

我可以保證
後代更願意撿拾
被前人遺棄的建材
修補破敗的鐘面
重塑時代
我保證他們更善良
知道唯有依靠準確的時間
才可以用星辰判斷方位
推算潮汐

我可以保證
江河滔滔，舊人消逝
而世界必將順序運作下去
只要後代尚存——
唯有這點無人保證

只能努力
心存盼望

# 殘章

## 一

的士在我母親成長的土瓜灣穿梭

去尋找傳說中的居酒屋

我們看著街上流過的夜光且無言

無法知道上帝還想讓我和母親在世上糾纏多久

她病了，我也不再年輕

像當年寫詩為了登峰造極

如今只是為了活下去

且向世界炫耀我尚在場

每日對鏡逼自己說一次髒話：

「為你們好」


你知道嗎

如今的我每寫一行詩

要向自己割多少刀

像天葬，或你們不懂

但我分明知道你們也是優秀的刀手

出身在此而滯留的人們

誰未曾戮力當過解牛的庖丁

有人說過我們像牛嗎，若不是豬

就是牛，或狗也不如：

「來吠兩聲聽聽？」

像醫師也是這樣，逢星期四

請我咳嗽兩聲

聽痰。

痰早就淹沒我們了不是嗎

「知交半零落」

我是說說而已，所謂知交

所謂半

我無法不懷疑

耶穌真正想我們相信的是猶大

那永恆的猶大，無辜的猶大

為人類的終極命運而哭泣的猶大

那敢於瀆神而只是為了讓人活下去的猶大，

　　　普羅米修斯的化身

今日我離開前的最後一句話

是對我疼惜的學生說：

活下去

活到風起之時，請求你們

在那之前活下去

像居酒屋那個輕輕拍我肩膊

說「請你加油」的太太

她的孩子正在打電動，我向他說：

不要懼怕消失

但是請記住

當下每一樣失去

我們都有責任讓它們一一重現

我們談到了所有的光怪陸離
所有的悲傷與希望
一如小說的結尾所寫：
「希望在普羅」
我們誰都意猶未盡吧
有人沒把烈酒喝完把酒瓶留下
給我們，因此誰都
意猶未盡，而在未盡之時
就有酒可喝
有詩可寫
有淚可抹。

二

「你還敢寫嗎？」
每寫下一首詩
就距離危險更近一分
也忘記了是誰說：
我們最幸運
因為隨便寫點什麼都是好的
五十年後都會被讀到
被分析，被解構
然而他們閱讀的真的是我們嗎？
還是那些離我們遠去的影子
影子有了自我

就開始延伸自己
所以他們讀到的「我們」
到底是誰

若我寫下的詞語一個個背叛我
（像曾經有人以裸體背叛死
或如我輩以離散之姿活下去）
我該以怎樣的方式走向未來
走向必然灰飛煙滅以後的遙遠未來？

不幸的是，我已經過了
好好寫哀歌的年紀
無法輕易地召喚地獄
誰有閒情在天堂的街道上遍灑花瓣
誰願意向黎明的碼頭
招那些五十年前早已失魂的渡海輪
餘生的能量
我只夠去招一些入世未深的孩子
試圖說服他們：
去誤讀這座不知所謂的世界吧
直至讀出自己此生的名字
並讀出可笑的罪名
或如
衣帶漸寬終不悔
或如

其惟春秋

「如曼德爾斯塔姆，如布羅茨基，
　　如米蘭昆德拉，如扎加耶夫斯基般
書寫吧」
又或者
如我們自己

且如我們自己
去書寫
畢竟只有我們活在大數據時代
互聯網和人工智能
到處是機械的靈魂，
科技的眼目
同時活於全體目盲的城市
「他們」讀不懂哪怕是一句詩
或電影的一個剪接
祈禱我問：
這就是應許之地了嗎？

到頭來不是敢寫與否的問題
而是當別人都在寫詩了
我們又應該寫什麼
或者，不寫什麼？
我對學生說「寫詩如走鋼線」

本來確實是那個意思的
但是想深了
好像並不是那樣的
所謂走鋼線的意思，應該是
走得太慢就墜落
左邊是宣言，右邊是夢囈
左邊是野獸受傷的咆哮
右邊是植物頻臨枯乾的尖叫

那麼你還敢寫
或
敢不寫嗎？

# 致後代

萬水千山，相信記號──

某程度上來說
這首詩是寫給最遙遠的後代
而所有翻讀的人，你們都不是終極的讀者
是替我向未來傳話的信差：
．

## 零

若還有一個神被膜拜
那都不算最後
若還有一個活人要受苦
那都不算最後

## 一

願所有飛鳥在痛苦的地平線上
找到築巢的樹枝
願所有被告解聲吵醒的蝙蝠
得以在晨曦中重新入眠

二

你聽過英國有一種噩夢芝士嗎？
只要咬一小口然後入睡
就可以做驚異的怪夢
是的，我恆常用它來解我的鄉愁

三

我們圍坐在圖書館大廳
在熊熊燃燒的暖爐旁朗誦元素週期表
窗外暴雪翻飛
我們哪裡都不去

四

馬戲團有一個無中生有的火圈
百獸輪流從虛空中走出來
最後是一個人，他抱怨好燙
就穿過火圈回去消失了

# 五

後代們，你們看見過
世上無數宏偉的鹽柱和火柱
有沒有想過這其中的物質與能量
是以什麼原理進行等價交換？

# 六

永恆的溼霧中有一輛單車
輪子陷入泥淖，鏈條早已鏽蝕
去騎它，甚至去成為它本身
為的是在天地間它保持了完美的平衡

# 七

如果被逼歌唱那就唱吧
你的歌聲中有沉默
如果被逼前往某個無明之地
那就用沉默去盡情唱歌

## 八

主持人問我：
你如何在寫作中保持勇氣？
我看著正在著火焚燒的筆頂
可以等我一會兒嗎？我慌張地回應

## 九

每一顆藥丸都有編號
是給以後每一日的自己吞吃的
去到哪一個號碼終結？
這得看我們是先病好還是先死掉

## 十

新年快樂，在去年死去的人最後一次說
我們替他們把棉被晾曬乾淨
畢竟放晴的日光並不多見
寒季裡，人間還是需要保暖

## 十一

夜了，就歸去
且代無法歸去的人走回家的路
祈禱有這樣的一個時候
我會得到同樣溫柔的對待

## 十二

在無數次交換「可以」與「不可以」之後
上帝終於與人類達成協議
當雙方同時喊出「可以了」的時候
魔鬼放心地吁了一口氣

## 十三

「你的恐懼到期了」
一條手臂自火中探出它的決心
「續借，我要續借！」
老作家用捏住靈魂的力量咆哮

## 十四

必有人站在太陽升起的方位
必有人傾慕，或傾軋
我們多少人仿照前人的老路走出百花山
其中多少人否認，多少人沉默以對

## 十五

我們終此一生
活在被水泥灌注的大地上
有人不以為忤
有人在寒夜裡偷偷敲鑿

## 十六

萬水千山，相信記號——
你做你自己的先知
和藏在密室內聆聽告解的人
口音就是你一生的記號

## 十七

未來人，你絕不是
過去人的複製品
或殘餘物，然而我永遠不可能知道
你是什麼。

## 十八

跟著仙境裡的白兔走
那總是在匆趕的
獸，為了握住自己的命運
難以想像他已經犧牲了的有幾多

## 十九

明日我給你一張新的臉孔
但是發還你舊的世界
明日：除了前往加爾瓦略山的路
還有什麼足以讓人滿眼悲傷地盼望？

# 二十

如何能夠確認
遙遠未來的讀者是我們的後代？
當我凝視愈來愈深邃的星空
我因寒冷而感到顫慄

# 二十一

或者我們終究是泡沫
當紀元從海洋來到赤地
有幾多巨鯨及時學懂飛翔
幾多天空的板塊降下，與海結合

# 二十二

文字獄還少嗎？
我想知道書寫火花和暴雪纍的詩
大概會在未來的哪個朝代犯禁
又會在多少年後破殼而出

## 二十三

航向更遙遠的雪原吧
像遊散於天地的詞語們
在時空的岩縫重建我們的家邦
向掠食者的羽翼吐出前胃蘊釀的油脂

## 二十四

此刻對過去早已無話可說
對未來又顯得詞不達意
對上帝啞口無言
對自己我們又愈來愈言不由衷

## 二十五

吃的藥比飯菜多
自然學懂了徒勞的意思
未來的人，你們知道痛的意義嗎？
在歷史學教科書的哪一章，哪一節？

## 二十六

後來沒有什麼可以燒了
圖書館空蕩蕩的
連那些尚未寫下來的字都得拿去燒
為了活下去

# 二十七

拍下的照片早已超過一生能重看的數量
寫下的文字也多於讀者能容納的總和
為此我們自以為是地說：致未來
並假設對未來人的痴情會得到回報

# 二十八

「好運的話，千萬年後你會變成化石」
不過誰會真心認為這是好運氣？
你寧願被親友祝福死得其所
還是永垂不朽，留給未來一臉滑稽？

# 二十九

只有一直監察時間的人
才會發現其行進的不規則性
但是如此荒謬的事情誰會相信
或者每當有人信了時間就立即重置？

# 三十

所以未來人你們真的是活在未來嗎？
我把瓶中信奮力擲向虛空
聽不見入水的聲響
也許瓶中的人是我，而誰正準備投擲

# 論悲傷

有很多值得悲傷的事
但是不包括提早腐爛的水果
不包括讀不完一輩子珍藏的詩集
不包括無法回到夢境裡
去打在道路盡頭那口井的水
或涉越寒徹骨的山溪
為了踏上傳說中的應許地

是啊，我們有足夠多
值得悲傷的事情了
但是它無法奪去黎明的第一陣風
即使我老眼昏花
或虛弱到無法站直
在惡獸環伺的城裡在地獄在床
仍然有夢，仍然有很多
我應為之歌唱的人

所以我寫
寫於眾神死去的黃昏，寫於窗前
和心之暗室
我寫鎖鏈每個鐵圈之間敲擊的鏗鏘
寫荒草把荒草寫成紙上的墨
沿墨的滲潤勾勒出逝去的人名
實在有很多值得悲傷的

事，多得已經不必紀錄
也無人願意去記住
多得一些聽起來並不比起其他更加悲傷
日子就這樣過去了一年，五年，七年
我們舞悲傷成圓
把那些細碎的言語和絕望，那些
邏輯與痛，那些離散或屈從
都收納其中

或者過去了或者尚有
翻譯，烹煮，寫詩，繪畫和遺落
無不是一種種失去
一種種切削，修整
所謂值得的悲傷
到底是原石還是加工
是飛翔還是旋轉
到最後我們唯有寫與不寫
憑這終極一問
去超越所有永恆的悲傷。

# 雅量

有人說那像是正在躍起的運動員
有人說是從高空栽進竹棚裡死去的人
還有人搖他們聰明的頭
說起奇門遁甲和紫微斗數

海港愈來愈狹窄，當破碎的部分
終於超越完整，當未來的線香
短於已經燒光了的飛灰
人就是人就是碑，就是死物

有人仍想抓些死得不能更死的石頭
去殺人，同時有人想借去填海

不必了。若這城市真的還有一點雅量
應承我，別因為看我們寫的不順眼
就去傷害作家們，這就足夠了。

注：「雅量」是臺灣的網路梗，來自國中一年級的課
　　文，宋晶宜所寫的〈雅量〉，被人大量仿作。

## 對象 a

「香港的故事，為什麼這麼難說？」——也斯

我認識一位朋友
他／她似乎來自亞洲或歐洲
若不是非洲或美洲
他／她笑問我從何處來
我用盡所有可能的語言去寫和唸
「香港」的各種叫法

可是這畢竟只是
形形色色指向「香港」的發音和符號
（我得向他／她說明
那些符號都是他人的語言文字）
這些全都指向「香港」
然而我卻無法令他／她知道
「香港」實質上是什麼

所以我不厭其煩地向他／她介紹
天星、八折的、三碌拎
老婆餅、波蘿包、懶肉勿演山小勒
每個詞語我都費盡心力去解釋
結果符碼堆積如山
卻始終無法靠近「香港」

他／她終於按捺不住逼問我：
「如果只用三個詞語描述
你心目中的『香港』是什麼？」
「大概是『自由、民主、公義』吧」
我不假思索地回答
卻幾乎立即笑著猛力搖頭

他／她說：
「我懂了，那是……啊，對了
你聽過有人如此類比嗎？
『什麼』屬於想像界
『狗屎』是現實界
『玩意兒』則是象徵界

至於那無可抵達的核心
如此神祕
如此誘人
如此不可理喻——」

我不耐煩地截住他／她：
「我完全聽不明白啊
你說你懂了
那你現在說的是什麼狗屎玩意兒？」

「你說對了！」
他／她驚喜地高聲喊：

香港！


注：以「什麼狗屎玩意兒」解釋拉岡三界理論的方
　　法來自bilibili上的影片。

# 紀念日

脫下口罩的不習慣感覺

只消一個早上就像晨霧一樣解散

今日是歷史性的日子

算是恭逢其盛了。有朝一日

疫情中那些生命和熱情消逝的哀愁

也怕會褪色成淡淡的惆悵

多年以後，在某個清早

乘著某些於今無法想像的契機

（若你仍好好活著，

若我仍好好活著，而不談論死）

我們深深地陷入回憶

天南地北的話題可會拉扯到

戴口罩以前那段日子如何自由

或脫下以後，是否自在依然。

# 三五七言

在荃灣站外的天橋上
（荃灣哪裡不是天橋？）
一隻珠頸斑鳩銜著幼枝飛來
堆放在高懸的發光告示牌頂端
就匆匆飛走，當冷風吹過
枝條跌落橋上似聚還散
馬路時有響號，夜到最深時
孤棲的鳥最容易受驚

獨自走在橋上的時候
我有時會記得那年放學
穿過紐約市的小公園
是用怎樣的眼神看向晚空
雪飄到肩上就化了
寒氣滲入大衣

人間哪裡不是雪境？
十八歲有十八歲的雪
三十六歲自然有三十六歲的
在暴雪把小公園掩沒之前
我們也曾築起過一個個虛構的鳥巢
近來常常在生活的途中變得沉默
以為自己正在懷念的
僅僅是幾個故人
或某段故事
或故鄉

## 某位年輕東歐作家的自述

大概我會在某場讀書會後被捕
然後被祕密審訊吧

但是不會的，我是如此之小心
審詞擇字，矩步規行
與所有地下作家和刊物疏遠
因為我只能活在地表上
不，離開地表一點點
像是個鎮日把靈魂結在高凳上的酗酒鬼
或橫躺在鐵架床上，
徹夜想像自己化做甲蟲的波希米亞瘋子

我倒是不忘在所有小說的章節中
歌頌那群應該歌頌的人
貶謫注定失去運氣的那些孩子
我懂得所有生存的法則
配以應備的寫作技藝
以及與人交際的各式宜忌
我知道什麼意象應該被創造
至於另一些必須溺死在我腦的浩瀚中
或以飛灰之姿灑在詩行之上

奧西普，在我最後一次認他為朋友的冷冽清晨
他微笑著跟我說：我們寫字以後
洗手的水
將比那些墨液更黑

# 可不可以不說——向西西致敬

可不可以不說
悼念和再見
可不可以不說
過去和未來

可不可以不說
出發的日期
可不可以不說
回來的年份

可不可以不說
嘴巴還是思想的過敏
可不可以不說
不髒的或不乾淨的話

可不可以不說
被批准或被禁的詞語
可不可以不說
讓人悲傷或快樂的話

可不可以不說
若說過了更沉溺
可不可以不說
若說過了會清醒

可不可以不說
若地球因此轉得慢了
可不可以不說
若宇宙因此步伐急了

可不可以不說
即使想說
可不可以不說
若不想說

可不可以不說：
「可不可以說」
可不可以不說：
「可不可以不說」

# 三十

三十年後
我會不會像前面的那位老伯
走路必須碎步

三十年後
我會不會像我的老師
在消瘦中迎向人生的最後三年

那個我會不會老眼昏花
像今日的我無法看清地平線的路
讀不下報紙的頭條新聞

三十年後
怕且會被更龐雜的病痛煩擾
雖然醫學大概已經進步到
我們無法自以為是地唸出藥物的學名

看過的燈飾仍有人想再看嗎
喊過的口號三十年後誰會認識？
走過的路總是在鑿破又重鋪
那些在其上來回的人
此生尚可回來再走多少遍？

若到時候我們尚有寫詩的餘裕
那就各自寫一首長詩吧

回首向來蕭瑟處
三十年夠寫三百行

或三千行。你說：
洗衣機在崩壞前可以再洗三千次衣物
尚有一千碗熱飯要把電飯煲蓋撐開
黑髮褪色的速度三年一寸
我們失去言說的速度三日一詞

那就寫夠三千行吧
三日一行，我們趕緊在言語消逝之前
挽留它們──
剛才碎步走路的老伯
已經走很遠了，我們的老師也是

上帝不數算日子
他的眼睛穿過所有時代
創造海洋和岩岸
牽引潮汐，並用雙手反覆敲打
直至萬籟發聲

念蔡爺

記得在吐露詩社的街頭詩會
你一吼
就鎮住了一條西洋菜南街

記得在浸大的讀詩活動上
我努力讀著自己寫的〈骨將鳴〉
你對我說：好

記得在電影放映會後
你噙著淚把一生朗誦成詩
我有時會如此想

一首詩就夠了
夠讓一個世界在我們的身後
繼續自轉下去了

# 無題

我想重新
數那些已經墜落的流星
從電話簿的逐個空格尋找
它們的理由
看醫生時我反復強調
痛症無關情緒
風雨如磐
愈來愈辭不達意
愈來愈可疑
更像一個馬戲班的練習生
每一個字都是表演
透明的夜，街燈正在換班
我想重新開始
所以想到換一個筆名
但是我知道這一定失敗
不被認出是一種失敗
認出是另一種
然後就是詩人們死了
一些變成飛鳥
另一些變成冬天
而我又是另外一類
無法吹響簧片
終成碎沙
而不是玻璃

**無題**

從舊世界點一盞燈
亮著，亮著
一直搖曳到天明

天下烏鴉飛臨我們的肩胛
我只是祈禱
那些人一個個變成羽毛

就活在如此不得
不一直增加法律條文的世界
像荷葉承載蟾蜍不斷產下的卵

被時間蹉跎得快死
若仍然有幸拾起一首短詩
就趕緊搓成鐵球向那些人擲過去

直至我們全都化作塵埃
一百年後風起時
最少可以嗆人

# 無題

我有個朋友
在最後一次被允許的通話裡
我們交換彼此的近況

她引用葉卡捷琳娜・舒爾曼的話
以斯蒂芬・褚威格之死為喻

「俄羅斯人正在等待」
我回答她：
多喝水、保持健康
活下去，我們終有一日相見

**無題**

在讀了很多詩以後
仍然認為寫得最好的詩
是那首我尚未寫出的
不被允許寫出的
在夢中曾經閃耀可是
自天亮之境消失的
是那首我願意傾注畢生心力
願意為之封筆
卻還堅持在我寫下之前
就從迷宮逃脫的

在求不得的苦裡
我已是如此無能為力
既然我手中什麼都沒有
你們又何苦糾纏著我不放呢？

# 街景

昨午在一間文青酒吧
一個波希米亞打扮的少女
優皮地呷著白啤酒
小松鼠狗伏在她的懷裡
帶著小小的腎衰竭
悠然地吐著粉紅色舌頭
注目窗外覓食的鴿子
牠毫不在乎主人經歷失戀
如低氣壓的環流
在她的心頭攪動著
應該為這杯啤酒滯留到何時
明天就除下頭飾卸掉脂粉
回到安靜如潟湖的店
還是任蘊釀的風暴成形
席捲人間崖岸？群鴿起飛
她把為照片按過的心逐一回收
選擇值得的重新送出
天色的鐵灰一層層加厚
始有清風清掃鬱悶
堆積幾日的暑氣才消散

今早雨水終於落下
少女的啤酒喝完了沒有？
城市快樂如常
離開的人一個個飛走

## 斟酌

終於老到看見滿桌的酒
都只願斟一點點淺嚐
反正是獨酌，醉或不醉
不過讓自言自語變得可有可無
這城市早就沒有酒
可以醉人了吧
尚有人飲酒如水，說話如夢囈
畢竟大家都衰老到
只記得醉酒時旋轉的星光
而天上早已無星

終有一日，我們會在遙遠的山崗
眺望大海彼岸
像虔誠的朝拜者
帶淚跪向聖城的方向
終有一日我們要用兩鬢落髮
像一群白化的鴉拼砌出白色地圖
香港，還可以用什麼跟你的什麼乾杯？
空杯碰撞，我們已經無法再醉
是盛世的你失去了夜
還是老去的我們處決了自己的心
午夜時分茶壺有煙
你如舊用手輕輕烘著
像烘著多年前一杯暖酒
像烘著青春

終有一日我們如父輩

在天上更遙遠的雲層裡

繼續看每段人間悲喜

一堆曾經被稱為家園的碎石

一叢曾經被阻止其瘋長的墓草

如今誰為這風景悲傷？

終有一日某隻過路的松鼠

會醉倒於雨後的荷塘

月色真美

月色真美啊，牠在醉目裡

是一個年輕人，早上七時半

抱住一疊自印的傳單

踱步來回，昂著他剛剛酒醒的頭腦

叫滿街遊魂相信明天。

## 藏書人

一夕之間
架上所有詩集都成了禁書
那個慌張的藏書人
把詩集一本本翻出來剪碎
或乾脆投進火裡焚燒

直至最後一本
他不捨得了
他不捨得的那本書
不是什麼詩集
只是一本準備用來寫詩的筆記簿

是他不久之前隨便買來的
上面一個字都未有

## 聖誕歌

在商場響起聖誕歌的季節
總有人在迎接死亡
自己的、或至親
豁然面對、或萬般不捨
總有人在折磨裡翻身
他必須再睡一會兒
天空才會亮，總有人在同時
拖著行李準備一趟遠遊
或從此不再回家

但是熟悉的樂曲必須準時奏起
哪怕只是播放錄音
「必須的」
負責場務的無神論者笑著說
此刻神聖如一個接受天啟的先知

**詩**　誰宣判詩有罪
　　　策蘭說：不
　　　里爾克說：不
　　　杜甫說：不
　　　普希金說：不
　　　布羅茨基和布萊希特也說：不
　　　孟德爾斯塔姆拉緊他的大衣
　　　不，他說
　　　辛波絲卡堅定看著我
　　　呼出菸圈：不

　　　誰宣判詩有罪
　　　我聽見一把偉大的聲音說：不

「像一頭牛那樣偶然抬頭」

像一頭牛那樣偶然抬頭
他要喝的水從此升上了半空

其實他不通音律
但他懂得這是應該抬頭的時候了

明月已在等待
他想到那時候的眼淚可能是星星

誰說得準呢，如此一抬頭
那場記憶裡的山火就在九霄雲外

多少頭牛從噩夢裡逃不出來
在他抬頭時彷彿仍有燒焦的肉香

驚醒的他頸項一轉迎向黑夜
這證明他活著，並且活得不算固執

注：詩題借自陳子謙的同名詩作。

**光**

讓我們虛構一座城市
然後愛它

讓我們在死路之上
誤入歧途

聽見人們說：向前走
可是為什麼警報一響就蹲下來

水在廢墟的石隙流過
打入民居的未爆彈探得更深

鋼琴家安坐在家中
伴隨城中的轟炸聲彈奏著1812

男人擁抱他的妻子和女兒
後來總是如此：樹長得比人更高

讓我們忘記
然而我們卻長成了被忘記的樣子

讓我們停止歌唱吧
因為天地早就震耳欲聾

很好，我們用啞掉的嗓子
向人間再吶喊一次

因為我們愛它
它才滋長出城市不是嗎

因為散落在所有的地方
我們的光才把死路照得一片大亮

**監視**

漸漸學會在監視下寫詩
死神說：你把這一句寫完
就是我勾魂之時

所以從此我只寫半句
而死神永遠在半途
有時遠遠看見他
有時在深夜我疼痛不止

他就在我體內耐心等待
直到什麼日子我無法忍住
一氣呵成把句子寫完
才算是終於放過了死神
還是終於放過了自己？

**維希**

零

「罪惡的制度並非由罪人建立，而恰恰由那些確信
已經找到了通往天堂的唯一道路的積極分子所建
立。」──米蘭・昆德拉

時針轉動
萬民在我的肩胛骨中詠唱
雨的暴行、雷電的壯舉

我帶住一份前生的快遞出門
有人試圖攔截
只是空無之物應該如何劫取？

一

收音機鎮夜播報
「首爾多雲，東京大雪」
貧民區的超市百鬼橫行
鐵鏈一條駁著一條
在地洞裡
框出倖存者的邊界

雪從大地的傷口噴湧而出
那是巨大的寂寥，在寂寥中
你掩住耳卻聽見人聲

二

在深夜我拼接照片碎屑
直至模糊了的人臉開始咆哮
不是，他們已經咆哮幾十年了

在某個蒙昧的黎明
幾百萬人都在誦唸天主經
負責把守集中營閘的小夥子也在唸
他愛自己的情人、愛上帝
也愛陌生者和世界和平

米蘭・昆德拉為什麼守候七年才離開？
布羅茨基為什麼永不回來？

三

醒來我已在渡輪上
引擎運轉的低頻音震耳
浪濤像離析出的第二重聲響

我終於來到你筆下的渡海碼頭
還記得那夜在駿發麥當勞
與眾等候酒樓入席
那時與你寫下這首詩
相距多少年？

現在又多少年
尚有危險品運輸車不得穿行海底
只能在銹舊的船艙待渡
尚有未能離開的人揮手在此岸
未能回來的人點頭在彼岸

# 四

就預先體驗了意識之死
以及死後世：
記得那年我在英法海峽的渡輪上
看見一艘從北角遁逃而至的幽靈船
嗨，一九七四年
嗨，親愛的死者們、難民們
空氣仍舊混濁難聞嗎？
未來仍舊藏在黑夜的燈光裡
還是早已崩碎？

當船駛向彼岸
我看見中陰有人工島
島上是美麗七彩的集中營
讓隔離者在這裡漫無目的地等待
「等待什麼？」

「等待。」

米蘭‧昆德拉為什麼守候七年才離開？
布羅茨基為什麼永不回來？

## 五

沒有人告訴過你嗎？
船在的時候，你可以說一千句
詛咒它沉沒的說話
沉沒以後，最好一句話都別說
不是，連船這個字都要忌諱
「這首詩為什麼完全沒有提及
城的名字？」
最好你不再問下去
最好不再。

# 六

後來我們集體決定
消解「移民」的定義，
以及「難民」、「流亡者」、
「被國家遺棄的人」

我們鑄造了新的詞語：
「新人」、「血族」、
「光榮的前進者」

# 七

我的夢是這樣的：
「我的朋友艾莎擁有一個寶盒
把一枚茲羅提投進去
就會兌換成一枚帝國馬克
她有時在深夜偷偷把寶盒捧出來
把銀幣一枚接一枚投進去
吃吃地笑

雲的深處一隻監視之眼正在看著這一切」

# 八

我們的國家需要貝當
好的，是這個人嗎？
湖中女神抓起一個老人
你是從哪裡抓來的，
他怎麼看起來一派悠閒？
「西班牙。」「不要。」

這個呢？
他看起來明顯更老吧，
難不成是從約島抓來的？
這個貝當我們也不要

女神把兩個老貝當扔回去
在時間流中搜了半天，又找來了兩個
「找到了，這就是你要找的人吧」
她的左手握住一排枯骨
指骨之間還卡著七星權仗
右手一個年輕的小兵
「是他，我們要的是這個貝當」

他睜開眼，一臉迷茫。

# 九

在東京、在布拉格、在巴黎
獨裁者們徹夜盯住家中的牆壁
蟻群在牆上格鬥
在立法後，白鳥先生部署了三年
終於在翻越圍牆時
在外頭的那一面失足跌死

兩日後，有人宣布戰事結束
往後半年間跌死的人可更多了
包括一些獨裁者的兒女們
死時衣衫不整

扎加耶夫斯基為什麼記住利沃夫？
北島如何用碎玻璃砌回他的北京城？

# 十

我有時想像孩子和他們那一代
老去的樣子，七十年後
我怎麼有機會活到七十年後

燈亮時我才發現自己站立在鏡前
努力注視直至鏡中人

長出像一個人類應有的樣子

我終於書寫不了我的城市
那裡的天空永遠閃亮
永遠有人從黑夜的店中奪窗而出
我的車走過每一座監獄
月光都在唱著細思極恐的童謠

「人不會因為得了一種病
就拒絕患上另一種

石頭不會因為開過花
就放棄了把沿街的窗子敲碎」

## 十一

當飛機重新飛過我們的頭頂
魚骨天線有那麼一刻接收到舊時代的訊息
我看見遠方的那個我在嘶啞地吶喊：
「回來，回來──」

在十號風球下的街上
我夢遊於狂風、電纜與樹的斷肢之間
天地無明，一隻鹿在光暈裡行走
牠經過我，我如照真實之鏡

有生以來
才第一次看見自己

天空中一萬隻發光的眼睛
各自看向時間的每一個切面
我就看見了人間

# 十二

當滿載難民的船駛向彼岸
如果我此時奪舵
又是否可以擺渡回去？

黑雲堆疊，然後孵出無數海鳥
牠們甫出生即下墜
投入深海如一場血肉的雨——

在討論什麼是「意象」的晚上
我告訴孩子，夜空的銀鏡
總是倒照著故鄉
你問：「那麼海獺手中的貝殼
是否牠們的故鄉？」

什麼是故鄉。

扎加耶夫斯基為什麼記住利沃夫？
北島如何用碎玻璃砌回他的北京城？

## 十三

無明之夜終於熬過一年了嗎？
觀星者準備離開塔樓

日出以後的世界已經沒有他需要關心的事
喝掉攤放了一夜尚未徹底冷掉的咖啡

他忽然觀察著杯底出神
「這歷久的漬痕竟跟仲夏的星空
一模一樣」

## 十四

我知道我的孩子將不會再讀我的詩
聽我們的故事不過如童話

「曾經有過這樣的一群人
通宵飲酒、朗誦，任海港的水侵蝕
我們的時間以及城鎮的邊陲」

## 十五

「少年在考試場上學會低頭
專注於書寫，
少女在遠方為全球變暖
或某場新鮮的屠殺而聚眾示威
焚燒一些布料和紙張」

在啜飲清水和伏特加之間
誰也不曾滋擾過誰

## 十六

我正在教授一段被刻意遺忘的歷史
一些學生推門進入課室
整理背包、脫掉大衣、竊竊私語、
旋開水瓶蓋子、手機響起、
翻弄筆記和紙張、咳嗽——
對我本人大體上算是尊重
偶或點頭，我就問他們：
所以我在教授的是哪一段歷史？

「法國……維希法國？」
答覆漸漸多了乃至此起彼落
有人守規矩舉了手才發現毫無意義

後來者答得愈來愈精準、劃一、
標準、正確

我手執粉筆愣在講臺上
失落得無以復加

## 十七

對於失語症
我不知道如何判斷病程
正處於惡化期，還是漫長的康復期

登岸以後我向沿街的人買詞語
像索羅莫斯一樣渴望贖回他的希臘
只是我買得到的詞語愈來愈少
兒童笑著指手畫腳無法溝通
成年人謹慎地回答說「我不知道」

我只能懷疑所有人都正為失語症所苦
說不定失語也是種傳染病
而我可會是這疫病傳入的源頭？

## 十八

黎剎早已回去

患上眼疾的人無法讀到獄中詩人的題壁
你向他們述說革命家的事蹟
朗讀兩位詩人的絕命詩
也是無濟於事

如今絕命之人可會留下詩句？
待到一個時代又翻過去，史書蓋上
連同夾附的詩籤塞進閣樓的書架

曾經的監牢改建成酒吧
醉酒的人盯住有毒的牆壁發呆
像一個被流放到聖凱倫拿島的君王
放棄逃亡，靜靜地度過餘生

# 十九

布萊希特高呼：燒我！

1938年，我比他更早發現
把詩集毀掉的最好方法不是用火
而是浸泡在水中
紙和墨就會回歸成漿
所有憤怒和悲傷回歸渾沌
盤古死去，天地初開
這次的遠行

我要和你一直牽著手好嗎

所以我們即將見證人間第一次日落
是這樣嗎？
讓我們忘掉追蹤而來的野狗
並記得雪的香氣

「我們甚至喪失這個黃昏」
——聶魯達如是說
所以今夜誰都能寫出最哀傷的詩
可是他們誰都不寫
只有我寫
只有我寫

## 二十

布萊希特高呼：燒我！

此刻我們卻在苦苦哀求——
「不要燒。」
為什麼必須要燒呢
再大的時代畢竟也是短暫的
誰去決定什麼可以在災劫過後留下來
什麼必須滅絕？

我們走過的都是錯誤
跨過任何一道門都是荒野
沒有上帝在門後向我們揮手：
「孩子，歡迎回家」
然而心碎之時仍有日落、
仍有壯麗的銀河

## 二十一

在高盧平原上的某條小村莊裡
我只是個縫製旗幟的人
剪刀鋒利，衣車運作如常
夏日的太陽正好提供充足的光線
不需要任何人指派工作
紅色、白色、藍色、米字或十字
拿起什麼顏色的布料就造什麼

下班後我與烤了一整天麵包的鄰舍夫婦往酒吧去
各自點一杯紅酒，坐一個黃昏
電視機裡那些在校場上飄揚的旗幟
全都是黑白灰色的

## 二十二

最重要的

不是破壞之後如何重建
不是心碎之後怎樣復原

而是當祭祀被禁止
當記憶守護者等於人民公敵
當渴望重建變得罪大滔天的時候

你可以如何
如何不落一墨地置放下一個字
如何保持緘默地發出聲音

# 二十三

米蘭・昆德拉為什麼守候七年才離開？
布羅茨基為什麼永不回來？

一千萬人已經充耳不聞
現在我只為未來的人書寫
可是我應該拜托誰來把我的詩帶到未來？

每日我們當中都有人開始遠行
然後努力尋找一條完整的回家之路
有時他們不再回來
有時其實他們從未離開

我把書悄悄塞進他們的行囊
像個敗壞道德的惡人
把我的暴行和欲望嫁禍給他們
並祝福他們平安抵達
某個春光旖旎的明天

## 二十四

扎加耶夫斯基為什麼記住利沃夫？
北島如何用碎玻璃砌回他的北京城？

沿著島嶼北岸走
陽光把我們的身體刺穿成透明的形狀
人們的影子一個接一個消失

走進一場以土沉香為題的藝術展覽
參觀者漫不經心
導賞員仍然努力闡述展覽的意義──

相傳「香」這名字正是來自
曾經植滿瀝源和沙螺灣的土沉香
宋朝的商販把莞香賣到東南亞和阿拉伯世界

我凝視窗外一棵新生的土沉香
被作為展品的一部分放置在屋簷下

一道慘白的射燈光線無時無刻擊向它

年輕導賞員回到她的座位稍事休息
右手仍然下意識地按動計數器點算參觀的人次
太陽底下，多少人進場、多少人離場

## 二十五

「這是一個流行離開的世界，但我們都不擅長告
別。」──米蘭·昆德拉

探射燈掃掠過城市中每一個趕路者
船笛和空襲警報交擊出樂章
有人在樓頂跳舞，背著光
跳舞直至不能
維持希望直至看見光
維持希望
直至看不見光

注：「我們甚至喪失這個黃昏」是聶魯達〈我們甚
　　至喪失〉的首句，全節為「我們甚至喪失這個
　　黃昏。／沒有人看見我們在薄暮裡手拉手，／
　　當湛藍的夜色跌落在世界上。」（黃燦然譯）

# 鴉片

晚上我吃飽了飯
臥在床上用吸食鴉片的姿勢來讀詩

忽然記起銷鴉片是用生石灰加海水
那麼銷書呢？

有人建議撕碎後
扔到村鎮上的堆填地

有人建議找個暗室藏起來
有人認為跟隨傳統的方法用火就好

我不識趣地問：
萬一在某個大雪的清早一覺醒來
那些過時的書就已經憑空消失了呢？

「容易了，這最好辦」
反正不會有人去過問它們的下落

盲眼的博爾赫斯館長不會
忙著鑽研地圖的大元首也不會

戰爭前夕，有時架上的書會愈來愈多
然後愈來愈少

**雞**

下樓想看看能買到什麼食材
家裡的人說：
買點米、凍肉和水果
啊還有雞蛋
雞蛋快吃完了

大半個小時後我回來
遞上從超市裡搜刮到的
最後的米和凍肉

我說的雞蛋呢？
欸，農場裡那些雞
大概還在慢吞吞地下著蛋

啊對了，我說
今晚不如煮粥吧
你看看我買到什麼？
是雞！今日難得地買到
剛剛屠宰的新鮮的雞

觀察

友人在文章裡嘆道
今日十惡不赦的壞蛋
曾經都是媽媽們的好寶貝

有時我看見一些媽媽拖著個屁孩
兩人的嘴臉厭惡得
像彼此拖著的都是一坨屎

所以無謂抱怨地軸愈來愈傾斜了
這人間往往是破罐子破摔
都只是剛好而已

## 中秋前夕徒步往城西

想望盡天涯路
得先有天涯
然後有路

然而我們的天涯向內生長
歧路上企滿亡羊
暮色中群羊向人咆哮：
錯了——
已經無限接近
泳棚，殮房，中秋晚會
裡面有死胎苦候重生

去往海濱的途上
有待修的汽車被架起
老人手執著鐵器指向虛空
像羊一樣吟唱：路啊路
那些絕望美好得讓人一再回頭

# 大樹頌

每個人都在說
大樹倒塌乃因無根
我想未必
只是大樹的靈根
早已遁入虛空
穿過千山與萬水
遍植人間全境

大象無形
倒下的不過是樹的仿造
如那些倒下的人
不過是更高者的人間倒影

逐水草而居罷
在大水匯流之處
晨星閃耀
虛無縹緲

**原上**

時間在指尖死去逐一如鴉
唯有無數鏡子飛行
讓光可以穿過更多鑄鐵窗框
此時有人呼告：起舞吧
最後的蘋果墜落
想像有滾滾的地幔
或某顆蒼老不堪的晨星
好吧，就起舞
當羚羊早已踱步在土星環上
回望地球之夜
唯有記憶甦醒過來
一點一點離析出透明的液滴
直至一塵不染

## 繪畫

老師指示孩子在家課裡畫下
「你正在做的事情」
我告訴她，正確的答案
必然是「繪畫」這行為本身

她問：可是我畫出的這支鉛筆
只是存在畫中，無法拾起
不可能用來畫畫

知道鉛筆是如何用於繪畫嗎？

畫上的鉛筆與手中的鉛筆
是用同一片石墨組成
畫中的筆是否鉛筆的延伸？

我們正在做的事到底是畫畫
還是思考和經驗「畫畫」這行為？

她用手中的筆又畫了一幅畫
在舊的畫紙以外
畫出了新的城市、草原和星空

## 都是一些認識的人發生在同一日裡的故事

有移居的人今日乘飛機抵達遠方
有人在那個地方誕下孩子
有已經移居的人剛好回到家
有人苦苦等待那個離開的日子
今日計起尚差兩個星期

有人盤算著離開或留下的得與失
有人仍然不知道應否考慮
有人嚐到了動輒得咎的滋味
有受苦到期的人沉默走路
有另一些人正在等待去面對苦刑

我則一如每日認真思考著同樣的問題：
為何相見時難
而別亦難

有人仍然為舊事忿忿不平
有人心如槁木
夜觀星象
有人則渴望死灰復燃

只是那個在累透時跟我寒暄的人恰好是我的朋友
那個因為不公道的事情向我抱怨的人我恰好相識多年

至於那些或許正在花園修剪花草
或許正在市中心慢跑的朋友們
並沒有向我相告他們今日的無所事事

然而我想念著以上的每一個人
即使他們或者並不
我亦憑藉想念他們去想念自己
那個漸漸在意識的路軌上愈行愈遠的
恰好就是我本人

# 自白

告訴大家一個小祕密

我被禁止寫詩

（這件事情只有少數朋友知道）

（但是世上所有死去的詩人都知道了）


也沒有什麼大不了啊

我不寫詩就是


自從被禁止寫詩以後

我寫的都不是詩

出版的都不是詩集

幸好他們似乎忘記了剝奪我

詩人的身分

所以即使我已經很久沒有寫詩了

只要不說

還是可以胡亂寫點什麼

拿來騙人讀和點讚


不寫詩了

也不必填塞一個叫法

文體可以從缺

我不過就寫


我寫

# 翻新

學校附近的街市立起了圍板
說翻新工程將要花費一年零兩個月

迎面是一個步履蹣跚的老人
看他每次提起腿後似是不懂該落在何處

一年零兩個月，也就是明年深冬
我不會說「再回來看看」這樣的俗氣話

反正我還是會每日走過這條路
大概、也許、世事如常

對於提起的腿應該落在何處這問題
我們誰不是在努力思考

只是可供思考的間隙相當短促
舉棋不定，身體很快就會失去平衡

走吧，還有今夜的晚飯等著我們
還有一整場冬天的重量懸在城市上空

一年零兩個月後，圍板就會倒下吧？
到那時候老人就不必下山去買餸了

到那時候我們腳踏實地了沒有
大概、也許、世事如常，我們且回來看看

**小記**

將我們摧殘至此的
是經年的生活
還僅僅是時間本身
是說相對無言
該從哪年哪月的離別
那暗夜的無盡的溼霧算起？

以後我無法再寫輕盈的詩了
因為在我身邊的時間沾滿泥濘
我竭力洗刷
仍然阻止不住毒素滲入皮肉

像你也無法像以前
輕盈地翻躍過言語之海
抵達之地終究是一片刺目的泡沫
那時候的稻田尚有體溫
那時候我們的願望尚堅硬
只是那時候我們尚未抵達罷了

所以是生活，還僅僅是
時間的啄食？
我們用髮膚滋養著一頭怪物
尾巴在往日無力地擺動
而獸首早已探向未來的終極
是故，你聽見嗎？

牠的吼聲愈發可聞
像晨曦漸次明亮
我們正邁向

所以畢竟同路，
我們正邁向……

# 人工光

我在清晨的窗外看見聖母

但那不是一個走過的人

不是一隻佇足的鳥

而僅僅是一道縫

縫裡透光，那光也不是太陽

更似是玻璃的多重折射，來自

一些人工發光物

例如某戶尚未關上的電燈

或者整修中的馬路上的臨時照明

然而那道光充滿了母性

充滿了溫柔：

一日之晨

光必須緩緩上升

牽引著物質與萬物心靈的重量

也隨著上升

# 月掩天王星

我告訴學生：
今夜是月全蝕
且有血月
她說沒有興趣
我接著說：且有
月掩天王星
二千年一遇
她說實在沒有興趣
這是大凶之象，我說
然而人終須一死
她點頭：
這是
早晚的事

晚六時，
我在下山路上抬頭
辨認星辰的方位
見一穿袈裟的男人
伏坐在長椅上
抱手機
頭輕輕晃著
螢幕的光把他的臉涮淨

## 與孩子談死

孩子問人死後會怎樣
我說：要不見上帝
要不見馬克思

馬克思是什麼？
馬克思不是什麼
就是個長鬍子的德國佬

她想看的是人死後的樣子
我怕她夜晚睡不著
堅持不讓她看

她就問我在寫什麼
我說我正在把對話寫成詩
啊，這就是詩嗎？

我妥協了
播給她看屍體農場的介紹
血肉自人身上一點點剝離和消失
她看得津津有味。

# 朗讀

捧著剛到手的詩集坐地鐵

孩子嚷著要讀給她聽

第一首詩時是有點尷尬

在朗誦幾首之後

又覺得這是行為藝術

只是讀到敏感詞

例如鼻孔和屁股的時候

不免壓低聲線

我畢竟是不想惹人注目的

尤其在鼻毛會引起動亂的日子

關於身體、組織和身體組織的詩

都好應該低調一些

再低，低到開出花來

讓花開到胸前

像黎明前隱約的火光

我這就沿島嶼北岸的暗道朗讀

當一車廂男女木然

我把尚有餘溫的詩句吐向穿堂風

像祈禱或念咒

不，我不過是跟在作家的行列後面

排隊讀詩

**橋**

今日的行程滿滿
每一個時間點都不容差錯
領護照，接孩子放學，去演講，去錄影
如何執行，如何調度是我的自由
我可以在途上吃點東西，到處走走
我可以選擇坐地鐵或者巴士
甚至可以邊走路邊寫

我還有更多事情未及完成
看上畫了兩星期的電影
批改一疊積壓多時的功課
報稅，寫那些早已想好題目的詩
煮掉在冰箱裡待了一整年的魚
為新書排版和寫序
喝光瓶子裡最後那口烈酒
讀完某本書（還有無數本跟在後頭）
好好睡上一覺

只要任何一個環節出了錯
就像鏈子中的隨便一個扣不上去
生活的大橋可會倒塌
我還可以如何通過
這橫亙廢墟般日子底下的深水？

我確實遇上過這樣的人
沒有什麼災變和意外
純粹是某個隱祕的扣子鬆開了
他似乎仍然是他
我與他對視了大半個小時
嘗試說話、打眼色、轉換姿勢
只是波瀾不興。是的，
因為扣子掉進水時的漣漪早已散去
我來遲了，反正沒有趕及的可能
我不過是在觀看一片沒有異動的水域
其上沒有索橋
只有湛藍的天空


我每日都在神經緊張地把幾百萬個鏈扣逐一檢查
然後讓別人看見我好好活著

# 我夢見

我夢見自己走在到處都是互動廣告的城市中
無論走到哪裡，都被隱藏的攝影機照準
周圍的廣告牌立即顯示出我此刻需要的東西

我夢見一個晨間流亡者
悲傷又熱切地問我關於某個黑夜流亡者的近況
她每朝飛返、在天暗前逃離，與他永遠錯開

我夢見一個多年不見的學生正在替我檢查藏書
他的學弟經過身邊，問我：「他是誰？」
我說了另一個名字，才意識到那個名字亦不能說出口

我夢見自己在某座陌生的城市把地鐵坐到了盡頭
那裡髒亂、昏暗，我走出地鐵站迎向暴雨
在貧民窟的中心，一幅十層樓高的廣告牌即將塌落

語言文學類　PG2981　吹鼓吹詩人叢書55

# 物種形成

作　　者/阮文略
主　　編/蘇紹連
責任編輯/陳彥儒、邱意珺
圖文排版/黃莉珊
封面設計/王嵩賀

發 行 人/宋政坤
法律顧問/毛國樑　律師
出版發行/秀威資訊科技股份有限公司
　　　　　114台北市內湖區瑞光路76巷65號1樓
　　　　　電話：+886-2-2796-3638　傳真：+886-2-2796-1377
　　　　　http://www.showwe.com.tw
劃撥帳號/19563868　戶名：秀威資訊科技股份有限公司
　　　　　讀者服務信箱：service@showwe.com.tw
展售門市/國家書店（松江門市）
　　　　　104台北市中山區松江路209號1樓
　　　　　電話：+886-2-2518-0207　傳真：+886-2-2518-0778
網路訂購/秀威網路書店：https://store.showwe.tw
　　　　　國家網路書店：https://www.govbooks.com.tw

2023年11月　BOD一版
定價：440元
版權所有　翻印必究
本書如有缺頁、破損或裝訂錯誤，請寄回更換

Copyright©2023 by Showwe Information Co., Ltd.
Printed in Taiwan
All Rights Reserved

讀者回函卡

國家圖書館出版品預行編目

物種形成 / 阮文略著. -- 一版. -- 臺北市：秀
威資訊科技股份有限公司, 2023.11
　　面；　公分. -- (語言文學類；PG2981)
(吹鼓吹詩人叢書；55)
　　BOD版
　　ISBN 978-626-7346-31-0 (平裝)


851.487　　　　　　　　　　112016478